평양, 제가 한번 가보겠습니다

• 북한에서 일반적으로 쓰이는 용어나 지명 등 고유명사는 북한 표기에 따랐습니다.

• 본문에 나오는 대화에서는 북한 주민들의 어투를 최대한 그대로 사용했습니다.

• 본문에 수록된 사진은 저자가 제공한 사진입니다.

평양, 제가 한번 가보겠습니다

지은이 정재연
펴낸이 **최정심**
펴낸곳 **(주)GCC**

초판 1쇄 발행 2019년 7월 15일
초판 2쇄 발행 2019년 7월 18일

출판신고 제406-2018-000082호
주소 10880 경기도 파주시 지목로 5
전화 (031) 8071-5700 팩스 (031) 8071-5200

ISBN 979-11-90032-13-1 03810

이 도서의 국립중앙도서관 출판예정도서목록(CIP)은 서지정보유통지원시스템
홈페이지(http://seoji.nl.go.kr)와 국가자료공동목록시스템(http://www.nl.go.kr/
kolisnet)에서 이용하실 수 있습니다. (CIP제어번호 : CIP2019026410)

www.nexusbook.com

당신이 지금 궁금한 '요즘 평양'

평양, 제가 한번 가보겠습니다

정재연 지음

넥서스BOOKS

평양 패키지여행 코스

2019 평양 여행 한눈에 보기

1일차

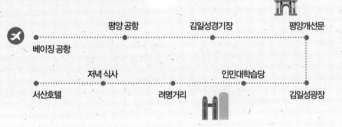

베이징 공항 · 평양 공항 · 김일성경기장 · 평양개선문

서산호텔 · 저녁 식사 · 려명거리 · 인민대학습당 · 김일성광장

2일차

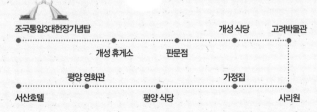

조국통일3대헌장기념탑 · 개성 휴게소 · 판문점 · 개성 식당 · 고려박물관

서산호텔 · 평양 영화관 · 평양 식당 · 가정집 · 사리원

3일차

금수산태양궁전　　려명거리 신도시　　　　　만수대 언덕

대성산혁명열사릉　　정보기술교류소 식당　　부흥역,
영광역,
개선역

평성 장수산려관　　　　만경대 고향집

만경대학생소년궁전　　　조국해방전쟁승리기념관

4일차

평성 덕성소학교　　　대동강공원

평양 식당　　　　　　주체사상탑

평양 랭면집　　　　　서점

서산호텔　　　광복백화점　　　조선로동당창건기념탑

5일차

서산호텔　　　　　　　　　　베이징 공항

평양 순안국제공항

차례

3장 통일을 부르는, 개성으로

4장 북한 시민처럼 평양을 누비다

프롤로그

왜 하필 북한에 가고 싶었을까

베이징 호텔의 침대에 누워 있는데 갑자기 걱정이 앞섰다. 평양에 도착하면 내가 서울에서 왔다고 바로 격리하는 건 아닐까? 포근한 집, 가족을 떠나 이런 모험을 하는 게 잘하는 걸까? 잘 다니던 직장까지 그만두고 왔는데, 막상 출발이 다가오니 오만 가지 생각이 다 들었다. 가족들에게 북한에 여행 다녀오겠다고 말했을 때 정신 나간 게 아니냐는 소리까지 들었다. 우리 가족이 북한에 대해 어떻게 생각하는지는 더 말하지 않아도 알 것이다.

병원에 입원 중이던 할머니께서는 외손녀가 북한에 놀러 간다는 소리를 들으시곤 "네가 북한이 얼마나 무서운 곳인 줄 모르는구나. 평양에 도착하자마자 빨갱이들이 와서 널 잡아갈 거야. 다시는 돌아오지 못해."라며 하소연하듯 내 손을 붙잡고 말씀하셨다. 6·25 전쟁을 직접 겪은 할머니와 그 밑에서 자란 엄마는 반공(反共, 공산당에 반대함) 방첩(防諜, 간첩 활동을 막음)을 철저히 교육받은 세대다. 아마 70~80년대 태어난 사람들은 "나는 공산당이 싫어요!"라고 말한 후 죽임을 당했다는 이승복 어린이 사건을 기억할 것이다. 이 시절에는 워낙 빨갱이, 공산당, 무장 공비 등의 단어를 직설적이고 무섭게 선전할 때라 정말 북한이 쳐들어오지 않길 밤마다 기도하고 잤던 기억이 있다.

내가 유치원생이나 되었을 때일까? 삼촌에게 "몇 밤 자면 공산당이 쳐들어와?"라고 물었다. "천 밤 자면 오는데 우린 제주도에 사니까 멀어서 여기까지 못 올걸?" 하며 나를 안심시키던 삼촌의 모습이 선명하다. 당시 나에게 있어 천 밤은 손가락 발가락을 다 쓰고도 셀 수 없는 까마득한 이야기였다.

초등학생 시절, 교내 웅변대회에 나간 적 있다. 그때는 6·25 전쟁이나 통일이 어린이 웅변 주제로 가장 흔하기도 했고, '이 어린이, 두 팔 벌려 외칩니다!'라고 하면서 호소하기에 적당한 소재였다. 나 역시 6·25 전쟁을 주제로 한 웅변 내용을 준비하며 북한이나 전쟁에 대해 더 자세히 배웠고, 한국에서 태어난 게 다행이라는 생각도 했었다. 하지만 시간이 흐르면서 점차 간첩 신고 포스터나 빨갱이, 공산당이라는 단어의 사용이

줄어들었다. 언제부터였을까? 온갖 선전물과 뉴스 속보에 나오던 간첩, 땅굴 이야기가 들려오지 않게 된 것이.

5년 전 호주에서 한국으로 돌아왔을 때 가장 먼저 DMZ와 JSA를 방문해 북한 쪽을 바라보았었다. 걸어가면 채 2분도 안 걸릴 자리에서 서 있는 무표정한 얼굴의 북한 군인이 불과 몇십 년 전에는 같은 나라 국민이었다는 게 믿기지 않았다.

나는 그저 북한을 내 두 눈으로 보고 싶었다. 이 책은, 한국에서 태어나 평범하게 자란 시민이 북한 여행에서 보고 느낀 것을 솔직하게 써 내려간 여행기다.

서울에서

정재연

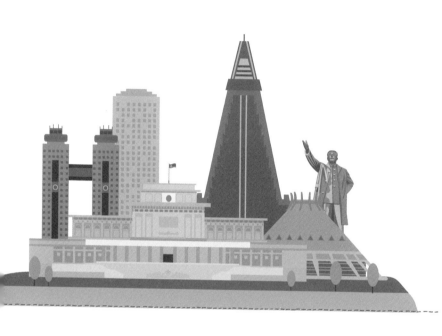

1 장

저, 평양으로 떠나요

평양에 가신다고요?

김포공항에서

김포공항에 도착했을 때까지도 북한 비자는 나오지 않았다. 너무 급하게 결정한 여행이라 비자 신청 시간이 촉박해서였을까? 이제 정말 여행이 코앞인데, 비행기는 탈 수 있을지 걱정되었다. 나는 우선 중국국제항공 탑승 수속 카운터로 갔다.

"베이징에서 제3국으로 가는 거라 144시간 중국 무비자 체류를 신청하려고요."

"어딜 가시는데요?"

순간 머릿속에 정적이 흘렀다. 예상에 없던 질문이다. 북한에 간다고 말하면 혹시 한국 정부에서 안 보내는 건 아닐까?

"평양요."

"네? 평양에 가신다고요?"

직원은 당황한 기색으로 매니저를 불러왔다. 매니저는 나에게 왜 북한에 가는지, 비자는 왜 아직 받지 못했는지 이것저것 물었다. 나 역시 비자가 아직도 안 나왔다는 게 조금 찝찝하지만 일단 베이징으로 가야 한다고 말했다. 매니저는 난처한 듯한 얼굴로 몇 군데 전화를 돌리더니 잠깐 자리를 비웠다. 나는 갑자기 초조해졌다. 얼른 핸드폰을 켜고 베이징 여행사에 이메일을 보냈다.

'지금 한국 공항인데 북한 비자가 없으면 문제가 되나 봐요. 아직도 비자 안 나온 거예요? 빨리 확인 좀 해 주세요.'

5분 정도 기다렸을까? 매니저가 종이 한 장을 프린트해 왔다. 자세히 읽어 보니 북한 비자가 없다는 이유로 중국에서 입국이 거절되어 다시 돌아와도 항공사는 책임을 지지 않겠다는 일종의 각서였다. 문제 될 만한 건 아닌 것 같아 안심하며 서명하고 짐을 부친 뒤 탑승 게이트로 갔다. 물 한 병 사 들고 숨을 돌리는데 눈앞에 중국국제항공의 비행기가 보였다. 곧 비행기를 탄다고 생각하니, 공항으로 출발하기 전 엄마에게 했던 말이 떠올랐다.

"나 잘 다녀올게. 혹시라도 무슨 일이 생겨서 못 돌아오더라도 걱정은 하지 마. 내가 선택해서 가는 거니까 후회 안 할 거 같아. 베이징에 가서 연락할게."

딸이 북한에 여행 간다는 사실만으로도 겁이 나는데, 내가 이렇게 말하니 기가 찼는지 엄마는 이렇게 대꾸했다.

"재수 없는 소리 하고 앉았어. 가서 한국말 하지 말고 영어로

나를 긴장하게 만들었던
중국국제항공의 서약서

만 말해. 튀는 행동 하지 말고 질문도 하지 말고 그냥 주는 밥
먹고 조용히 있다 와. 한국말 절대 쓰지 말아. 알았지? 베이
징 도착하자마자 전화해."

그야말로 주는 밥 먹고 조용히 있다 와야 할 것 같은 여행. 이
특이하고도 특별한 여행은 이미 시작되었다. 이렇게 된 이상
어떤 일이 있어도 평양에 꼭 가야 한다는 생각이 들었다.

여기가 여행사야, 가정집이야?

베이징 공항에서 여행사로

2시간이 조금 넘어 베이징 공항에 도착했다. 우선 내가 해야 할 일은 북한 비자 없이 중국 144시간 무비자 체류 허가를 받아 베이징 시내로 들어가는 것. 여권과 항공권을 다시 한 번 확인하고 입국 심사 줄에 섰다. 또다시 초조해졌다. 어제는 북한에 들어가는 게 걱정이었는데 이제는 혹시라도 중국에 입국하지 못할까 봐 걱정이었다. 나는 사실 북한 비자가 어떻게 생겼는지도 몰랐다. 여느 나라처럼 인터넷으로 미리 신청하면 승인이 되었다는 종이 한 장을 내어 주는지 아닌지도 몰랐고 어쨌든 무사히 통과만 하자는 생각이었다.

까치 머리를 한 젊은 심사관은 내 얼굴을 쳐다보지도 않은 채 여권을 펼쳐 보았다.

"어디 가는 거예요?"

"평양에 가요."

평양이란 소리에 얼굴을 들어 나를 쳐다보더니 내 여권 사증을 쭉 훑어보았다. 그는 옆에 서 있던 다른 심사관에게 내 여권을 보여 주며 중국어로 짧게 말을 건넸다. 내가 비자를 깜박하고 못 갖고 왔다고 말하며 고려항공 E-티켓을 내밀었더니 곧 중국 체류증을 받을 수 있었다. 걱정과는 달리 간단하게 중국 공항을 빠져나온 것이다.

나는 우선 호텔에 짐을 맡기고 여행사부터 가기로 했다. 베이징 시내는 복잡했다. 겨우 택시를 잡아타고 여행사 본사가 있는 싼리툰(三里屯)의 한 의류 상가 근처로 갔다. 아무리 둘러봐도 여행사가 보이지 않아 한참 두리번거리다가 '고려 여행사'라는 팻말이 붙은 철문을 발견했다. 내가 상상했던 여행사의 이미지와는 너무나 달라서 아무도 드나들지 않는 그 철문을 한참이나 쳐다보고 서 있었다.

'여기 전문 여행사 맞겠지? 설마 집 안에다 여행사 차려 놓은 거야?'

벨을 눌렀지만 아무도 나오지 않았다. 다시 한 번 눌렀더니 스피커에서 중국어 억양이 약간 섞인 영어로 "누구세요?"라는 말이 흘러나왔다. 관광객을 끊임없이 맞이해야 할 여행사에서 들을 말이라고는 생각하지 못했기 때문에, 말문이 막혀 가만히 있었다. 여행사에서 아직 북한 비자도 주지 않았다는 걸 떠

올리고 혹시 속은 게 아닐까 하는 생각을 하고 있을 때, 누군가 안에서 철문 고리를 열었다. 아담한 체구의 중국인 여자가 고양이를 안고 밝게 웃으며 인사를 해 왔다.

막상 여행사 안으로 들어가 보니 밖과는 다른 분위기였다. 1993년에 최초로 북한 여행 패키지를 선보인 역사를 가진 여행사답게 벽에는 북한 관련 포스터들이 붙어 있었고, 백두산에서 만세를 하고 있는 여행객들의 사진도 보였다. 테이블 위에는 관광 안내문과 엽서, 북한 관련 신문 등이 가지런히 놓여 있었다. 의자가 빽빽이 놓인 회의실도 있었고, 사무실도 있었는데 그 안에서 7명가량의 직원이 바쁘게 움직이고 있었다.

잠시 뒤에 내가 기다리던 직원이 모습을 나타냈다. 지난 2주 동안 나와 여행 관련 상황을 메일로 주고받았던 바로 그 직원이었다. 그녀는 내 영어 이름을 부르며 반갑게 맞았다.

"제이! 이렇게 실제로 보니까 너무 반가워요."

"저도 반가워요. 혹시 오늘 오전에 보낸 메일 확인했어요? 북한 비자가 없어서 한국 공항에서 좀 곤란했어요. 아직도 비자가 안 나온 건가요?

"비자요? 물론 나왔죠! 여행객 모두 나왔어요."

"하지만 어제까진 제 비자가 안 나왔다고 했잖아요."

"그럴 리가요. 다들 비자 나왔어요."

순간 비자 때문에 마음 졸였던 게 떠올라 화가 치밀었다. 이런 내 맘을 아는지 모르는지 그녀는 별일 아니라는 듯 나를 사무실 안으로 안내했다. 베이징에 있지만 영국 사람들이 운영하는 여행사라 중국인 직원보다는 영국인 직원이 훨씬 많아 보였다.

가장 먼저 여행비 잔금을 결제했다. 여행 비용은 처음 신청할 때 총비용의 70%를 카드로 결제하고 나머지는 베이징 본사에서 유로화 현금으로 결제한다. 다시 사무실 밖으로 나와서 여행사 내부를 구경하는데 다른 여행객들이 하나둘 들어오고 있었다. 이번에 같이 북한에 갈 팀원들이었다. 여행사 안으로 처음 들어설 때 내 표정도 저랬을까? 다들 어리둥절해서 안으로 들어오는 모습에 피식 웃음이 났다.

우리는 서로 짧은 인사를 하고, 어색한 분위기도 깰 겸 각자의 여행 목적을 솔직하게 말하기 시작했다. 북한 사진을 찍으러 가는 사진작가, 유명한 여행 유튜브 채널 운영자, 정치학을 전공하는 대학생도 있었지만 대부분 팀원의 여행 이유는 나와 마찬가지로 '그냥 궁금해서'였다. 이때까지만 해도 다른 사람들은 동양인인 나에게 별다른 관심이 없었다. 설마 북한과 휴전 상태인 한국에서 왔을 거라고는 생각지도 못한 것 같았다. 나 역시 내가 북한으로 가서 어떤 일들을 겪게 될지 상상조차 하지 못했다.

곧 미팅 시간이 다가왔다. 북한 여행을 하는 모든 여행객은 반드시 여행사에서 열리는 사전 회의에 참석해야 한다. 1시간 정도 걸리는 이 회의는 북한 여행 시 주의해야 할 점을 미리 배우는 자리다. 여행객이 알아야 할 아주 중요한 내용이기 때문에, 이 회의에 참석하지 않은 여행객은 북한에 갈 수 없다는 게 여행사의 철칙이다.

북한에서도 SIM 카드를 구입할 수 있다?

베이징 시내의 여행사

회의실로 들어가니 약 30개의 의자가 보였다. 그 위에는 여행사에서 미리 준비해 둔 투어 핸드북(가이드북)과 여행사 배지가 달린 여권 지갑이 놓여 있었다. 밖에서 수다를 떨던 여행객들이 모두 자리에 앉자 덩치가 크고 무표정한 영국인 남자가 들어 왔다. 마이크를 들고 있는 걸 보니 가이드인 것 같았다. 그는 간단히 자기소개를 하고, 여행객들이 중국 비자를 제대로 발급받았는지부터 확인했다.

중국에 거주하는 사람이 아닌 이상, 각자의 나라에서 중국으로 입국하고 북한에 들어갔다가 다시 중국으로 나와야 하므로 중국에 두 번 입국할 수 있는 더블비자를 받아야 한다. 당장 내일 출국인데 실수로 싱글비자를 받아 왔다면 일이 복잡해지기 때문에 미리 확인하는 듯했다. 다행히 모두 제대로 된 비자로 입국해서 바로 본론으로 들어갈 수 있었다.

입국 신고서 쓰는 방법, 간단한 북한 회화 배우기, 여행 시 지켜야 할 규칙과 미리 알아 두어야 할 점까지, 설명은 1시간이 넘게 이어졌다.

나는 북한 회화는 방송이나 영화에서 들은 적이 많아 나름대로 자신 있었다. 예를 들어 '일 없습네다'는 '괜찮습니다'라는 뜻인 것 정도는 알았다. 또한 내 모국어가 한국어인데, 설마 언어 때문에 고생할 일이 있을까 싶었다. 하지만 이 또한 나의 오만이었다는 걸 여행 첫날부터 깨달았다.

다른 건 몰라도 핸드폰이나 노트북을 가지고 들어갈 수 있다는 게 너무 신기했다. 노트북이 된다면 와이파이도 사용 가능한 건가 싶어서 물어봤더니, 평양에 있는 호텔 안에서는 가능하다고 들었다. 하지만 굳이 쓸 필요 없을 만큼 비싼 가격이라고 했다. 공항에서 SIM 카드를 구입하면 핸드폰으로 국제 전화를 걸거나 받을 수 있다는 말에도 놀랐다. 내가 아는 그 북한이 맞는 건가 싶었다.

북한에는 현지인과 외국인을 위한 두 개의 통신 네트워크가 있다. 여행객이 SIM 카드를 쓰면 북한 내 외국인들과 통화할 수 있지만, 현지인들과 연결되지는 않는다. 국제 전화는 얼마나 비싼지 중국이나 동남아시아, 유럽 등은 분당 1.5유로(약 2,000원)이며 미국은 분당 5유로(약 6,500원)다. 반면 러시아는 분당 0.68센트(약 900원)다. 북한과 러시아의 사이가 좋다는 건 들었지만, 정말 누가 봐도 차별이었다. 어찌 됐든 SIM 카드를 구입하거나 와이파이를 신청하는 팀원은 아무도 없었다. 북한 여행 시 지켜야 할 가장 중요한 점은 바로 '북한의 지도자를 존중하는 것'이다. 지금까지 세계 어느 나라를 가더라도 그 나라의 지도자를 존중하라는 규칙을 듣거나 예를 갖출 일은 없었다. 그렇지만 북한은 다르다. 북한 사람들에게 있어 지도자란 국가 원수를 넘어 신적인 존재다. 이 점은 북한 지도자에 관한 다섯 가지 내용에서 확실히 나타난다.

첫째, 북한 국민은 성인이 되면 김일성, 김정일의 얼굴이 들어간 배지를 가슴에 달고 다닌다. 누구나 반드시 달고 있어야 하며 잃어버리지 않도록 최선을 다해야 한다.

한번은 관광객 중 한 명이 그 배지를 따로 구입할 수 있는지 물었다. 가이드는 진중한 얼굴로 "인민들의 가슴속에 영원히 살아 계시는 주석을 기리는 상징이기에 함부로 돈으로 사고팔 수 있는 물건이 아니다."라고 단호하게 말했다.

둘째, 지도자의 동상은 모두 크기가 거대하고 높은 곳에 세워져 있다. 사진기로 지도자의 동상을 찍을 때는 항상 정면에서 찍어야 하며 몸의 뒷면 또는 일부만 찍는 건 금지다. 전신이 보이도록 찍어야 한다. 몰래 뒤에 가서 찍으면 어떻게 되냐고?

북한 여행객이 반드시 지켜야 하는 규칙

- 북한 사회주의 사상을 존중할 것

- 북한 주민에게 특정 종교를 설파하거나 사회주의 사상
  에 대해 설교하려 들지 말 것

- 북한 지도자를 존중할 것

- 성경책이나 종교의 목적을 가진 책, 남한에서 만들어진
  모든 책, 북한 가이드북을 포함하여 북한에 관련된 모
  든 책, 성인물 등은 가져가지 말 것

- 어딜 가든 항상 그룹으로 움직이고 가이드와 함께 다닐
  것. 혼자 호텔 밖으로 나가지 말고, 절대 단독 행동을
  하지 말 것

- 군인 사진은 절대 찍지 말고, 가이드가 사진 촬영을 금
  지하는 구역에서는 어떠한 사진도 찍지 말 것

그건 아예 불가능하다. 여행객은 늘 북한 현지 가이드에게 둘러싸여 있다. 혹시 실수로 몸의 일부만 찍었다면 발견 즉시 삭제하고 더욱 조심해야 한다. 언제 어디서 카메라 검사가 있을지 모르기 때문이다. 나 역시 카메라 검사를 받았다.

셋째, 북한에서는 집뿐만 아니라 지하철 내부에도 지도자 사진이 걸려 있다. 지도자가 국가 리더 이상의 존재라는 걸 느낄 수 있는 부분이다.

넷째, 북한 신문 1면에는 항상 지도자 정면 사진이 실리는데, 이를 함부로 접거나 구길 수 없다. 접어야 한다면 지도자의 모습이 구겨지지 않도록 조심히 접어야 한다. 가령 냄비 받침대, 신발 싸는 용도 등으로 사용하다 걸리면 원치 않는 장기 여행(?)을 하게 될 수도 있다. 함부로 버릴 수 있는 것이 아니라 특정 기관에서 주기적으로 수거하여 예의 바르게(?) 폐기한다고 들었다.

다섯째, 북한에서는 지도자를 부를 때 이름 앞에 '위대하신'이라는 형용사가 절대 빠지지 않는다. '위대하신 수령님께서~', '위대하신 김정일 동지께서~'와 같이 소개된다.

특히 지도자의 이미지가 실린 신문을 함부로 다룰 수 없다는 말에 모두가 놀랐다. 북한 여행 기념으로 '로동신문'을 사 가려고 했던 사람들은 대체 어떻게 가져가야 하는지, 돌돌 마는 건

북한 여행 시 미리 알아 두어야 할 점

- 북한에서도 약을 구입할 수 있지만 다양하지 않기 때문에 충분한 비상약을 가져가야 한다. 특히 소화제와 지사제는 필수다.

- 전기가 끊기거나 뜨거운 물이 안 나올지도 모르는 상황에 대비하여 손전등과 여분의 배터리 및 물티슈를 가져간다.

- 식사가 입에 맞지 않을 경우를 대비해 평소 먹는 간식을 따로 준비할 수 있다.

- 초등학교에 방문할 경우 아이들에게 줄 선물을 따로 준비해도 좋지만 어디까지나 선물이라는 점을 기억해야 한다. 예를 들어 쓰다 만 연필이나 노트, 색연필 또는 옷가지를 선물로 주어선 안 되며, 받는 사람이 기분 나쁠 수 있는 물건은 금한다.

- 북한 화폐로의 환전은 불가능하다. 외국인은 절대 북한 화폐로 물건을 구입하거나 소지할 수 없다. 충분한 현금(중국 위안, 미국 달러, 유로)을 가지고 들어가야 하며 찢어지거나 심하게 구겨진 지폐 역시 사용할 수 없다. (북한 상인들이 이러한 돈 자체를 받지 않는다고 한다.)

- 북한에서는 신용카드, 여행자 수표 등은 사용할 수 없고 현금 인출도 불가능하다. 또한 평양 공항에도 환전할 수 있는 곳이 없으므로 입국 전에 충분히 준비하고 들어가야 한다.

- 디지털카메라를 가져간다면 여분 메모리를 충분히 준비해야 한다. 현지에서 구입할 수 없다.

- 핸드폰이나 노트북을 가져간다면 사진첩에 북한 지도자의 형상이나 이미지 또는 지도자를 비방하는 내용이 담긴 음악이 있는지 미리 확인하고, 있다면 반드시 삭제해야 한다. 공항에서 소지품 검사가 있을 수 있다.

괜찮은지 등의 의문이 들
었다.

입국 신고서 양식을 보여 줄
때는 한국어로 쓰여 있는데
왜 가르쳐 주나 싶었다. 하
지만 양식을 하나하나 유심
히 읽어 보는 외국인들을 보
는 순간, 무언가 머리를 스

북한에 가져갈 수 있는 것들

- 핸드폰, 노트북, 아이패드, 전자책, MP3 등의 전자기기

- 공책이나 펜

- 음식, 과자, 술, 담배, 평소에 복용하는 약

- 청바지, 반바지, 티셔츠 등의 옷가지.

쳐 지나갔다. 내가 가는 곳은 나와 같은 언어를 쓰고, 한때는
같은 나라였다는 사실 말이다. 그래서 나에게는 한글로 쓰인
입국 신고서가 아무렇지 않게 다가왔던 것이다. 이렇게 생각
하니 이번 여행이 더욱 특별하게 느껴졌다.

김치와 된장국으로 밥상을 차리고, 조선의 역사를 '우리 역사'
라고 배우는, 나와 같은 사람들이 살고 있는 나라로 간다는 것.
분명 다른 나라에서는 느낄 수 없는 특별한 무언가가 있을 거
라는 확신이 들었다. 이번 여행은 동포들의 나라로 가는 가슴
벅찬 여행이 될 거라는 확신 말이다.

북한은 여권에 출입국 도장을 찍지 않아요

베이징 공항으로

베이징을 거쳐 평양으로 가야 하기 때문에 함께 여행하는 팀원들 모두 베이징 시내에서 하룻밤을 보냈다. 물론 이 호텔 비용은 여행 상품에 포함되지 않은 터라 각자 개인적으로 해결해야 했다.

출발 당일, 눈이 저절로 떠져서 시계를 보니 새벽 4시 15분이었다. 밤새 뒤척인 것 같은데 피곤하지는 않고, 이상하리만큼 침착한 기분이었다. 일어나지도 않을 법한 일들까지 걱정하다 잠든 것 같은데 말이다. 우선 서둘러 나갈 준비를 했다.

베이징에 온 후로 아직 집에 연락하지 못한 상태였다. 중국에서 카카오톡과 구글 사용이 불가능하다는 건 들었지만, 호텔에서 국제 전화 정도는 될 줄 알고 별다른 준비를 하지 않았기 때문이다. 어젯밤에는 방 안에 있던 전화기로 국제 전화를 시도하다가 수화기 너머로 알아들을 수 없는 중국어만 들려서

포기했었다. 로비의 전화기로는 가능한지 물어보기 위해 프런트 데스크로 내려갔는데, 비교적 작은 호텔에 묵어서인지 그 누구도 영어를 하지 못했다.

무슨 말을 해도 못 알아듣는 호텔 직원을 보다가 급기야 전화기를 들어 "따르릉따르릉, Hello, Hello, my mother? Korea? Korea?" 하는 시늉을 보였더니 그제야 알아들었는지 "Oh, no, no telephone, no Korea. China telephone, okay."라고 대답해 왔다. 그렇다, 이 호텔에선 국제 전화가 불가능했다. 간단한 의사소통도 어렵다 보니, 이대로 여행이 끝날 때까지 집에 연락 못 하는 건 아닐까 걱정이었다. 한시라도 빨리 집에 전화하기 위해 서둘러 여행사에 가야만 했다.

공항으로 가기 전, 여행사 본사에 관광객들이 다시 모였다. 어제는 못 보았던 중년 남자 직원이 사무실에 먼저 와 있었다. 잠깐만 국제 전화를 써도 되냐고 물었더니, 그는 흔쾌히 전화기를 들어 나에게 건네주었다. 나는 엄마에게 전화를 걸어서 같이 가는 사람 중에는 부부나 대학생도 많다고 말하고, 당신이 안심하기를 바라며 최대한 빨리 전화를 끊었다.

여행객이 하나둘씩 들어 오더니 금세 로비를 꽉 채웠다. 영국, 호주 등 멀리서 온 서양권 사람들은 가방 크기가 남달랐다. 인원 점검이 끝난 뒤 다 함께 여행사 정문을 나섰다. 이 순간부터는 그 누구도 단독으로 행동할 수 없었다. 버스에 오르자마자 어제 회의에서 진행을 맡았던 가이드가 마이크를 잡고 여행 시 주의 사항을 상기시켰다. 북한 여행 중 규칙을 어기면 여행 자체가 취소되거나 여행객뿐만 아니라 현지(북한) 가이드에게 도 엄청난 피해가 갈 수 있다는 걸 당부하고 또 당부했다. 곧이 어 북한 비자(북한말로 관광증)를 나눠 주기 시작했다. 손바닥 크기만 한 파란색 종이에 적힌 '조선민주주의인민공화국' 글 자를 보자 비로소 북한에 들어가는 게 실감이 났다.

관광증을 펼치면 여행객의 정면 사진과 이름, 국적 등의 정보 가 쓰여 있다. 이번 북한 여행 때문에 알게 된 사실이지만 북한 당국은 여행객의 여권에 도장을 찍지 않는다. 그러므로 북한 출입국 기록 또한 전혀 남지 않는다.

　'아니 그럼 어떻게 북한 입국을 증명하지?'

어제 여행사에서 나와 몇 명의 팀원이 여권에 찍힐 도장에 관 해 뜨거운 토론을 주고받았었다. 사실 이 문제는 북한 여행객 들이 꽤 관심을 가지는 사안이다. 북한 체류 허가 도장은 쉽게 받을 수 있는 게 아니라 반갑기도 하지만, 혹시 받게 되면 이로 인해 미국, 유럽 등에 갈 때 입국 시 불이익을 받지 않을까 우 려되기 때문이다. 하지만 그런 걱정도 잠시였다. 북한 입국 도 장은 여권이 아닌 관광증 안쪽의 서명란에 찍히며, 이 증서는 여행이 끝날 때 출국 세관에서 가져간다는 사실을 알게 되었

북한 관광증 앞과 뒤

북한 관광증 안쪽 면이다.

기 때문이다. 다시 말해 이 관광증은 북한 밖으로 절대 가지고 나갈 수 없다는 뜻이다. 다들 이 작은 파란 종이가 신기한지 사진을 찍느라 정신이 없었다. 나는 다소 긴장된 마음으로 증서를 펼쳐 보았는데 놀랍게도 민족별(국적란)에 '조선인'이라고 기재되어 있었다.

'이게 뭐야, 조선인? 조선인이 어느 나라 사람이지? 나를 혹시 북한 사람이라고 생각하는 건 아니겠지?'

나는 단어 하나에 갑자기 불안해졌다. 마침 옆에 있던 가이드를 붙잡고 관광증을 보여 주며 물었다.

"여기 좀 봐요. 나를 조선인이라고 해 놨어요. 조선인이라면 혹시 북한 사람 아니에요?"

"조선인이라면 한국인을 말하는 건데 제이 씨 출생 지역이 제주도라서 조선인으로 분류해 놓은 거예요. 걱정하지 말아요. 호주 국적으로 입국하는 거잖아요."

"네. 그렇긴 한데, 다른 호주인들은 오스트레일리아인이라고 해 놓고 나만 조선인으로 분류한 게 좀 찝찝해요."

그는 걱정하지 말라고 한 번 더 말하더니 바로 다른 여행객들의 질문을 받았다. 마음이 편치 않았지만 또 틀린 말도 아니었다. 한국인을 조선인이라고 부른다면 나는 본래 조선인이 맞긴 하니까 말이다.

30분쯤 이동해서 드디어 베이징 공항에 도착했다. 우리는 곧장 고려항공 탑승 수속 데스크로 갔다. 북한 여행을 하는 사람이 많지 않아서인지 입구에서 한참 가야 했다. 안내 스크린에 궁서체로 '고려항공'이라고 쓰여 있는 걸 보니 심장이 다 쫄깃해지는 기분에 몇 번이나 화장실에 다녀왔다. 내가 고려항공을 타고, 북한 사람들을 바로 앞에서 보게 된다니 상상만 해도 긴장되었다. 내 얼굴에 '나 떨고 있음'이라고 쓰여 있었는지 옆에서 걷던 팀원이 내게 물었다.

"제이, 긴장돼요?"

"네, 너무 긴장돼요. 기절할 것 같아요."

내 대답이 들렸는지 앞서가던 다른 팀원이 나를 쳐다보며 킥킥 웃었다. 그래 웃자. 무서워도 아닌 척하고 가 보자! 설마 죽기야 하겠어?

国际/港、澳、台出发　Int'l/HK, Macao,

STD	Flight	To/Via	CodeShare	Gate	ETD/Remarks
12:05	HX337	Hong Kong	HU8189	12	Last Call
12:20	DL128	Los Angeles	MU8885	13	Last Call
12:55	JS152	Pyongyang		07	
13:00	MU271	Tokyo	DL6577	90	
13:25	JD5759	Macau	HU8811	04	
14:15	HU497	Chicago		02	

Schedule period of validity: 12:05 to 14:15

STD	Flight	To/Via	CodeShare	Gate	ETD/Remarks
16:15	HU7977	Calgary	JD5401	04	
16:30	CZ323	Phnom Penh	KL4692	90	
16:45	HU7985	Moscow	S74462		
16:50	MU711	Sydney	QF5004	90	
17:25	HU7929	Phuket			
17:25	AA262	Dallas		08	

Schedule period of validity: 16:15 to 17:25

计划
14:2
14:4
15:3
15:5
16:0
16:1

计划
18:30
18:55
19:00
19:15
19:20
20:10

게이트 알림 화면에 뜬 'Pyongyang'

북한에서 한국말 써도 되나요?

베이징 공항, 고려항공 수속 데스크

이제부터 개인플레이다. 각자 알아서 탑승 수속을 마치고 탑승 게이트에서 다시 모이기로 했다. 이미 생각보다 많은 사람이 줄 서 있었다.

'이 사람들은 도대체 어느 나라에서 왔고 무슨 이유 때문에 북한에 가는 걸까?'

북한에서 장사하는 사람들인가 싶을 정도로 한 사람당 박스만 해도 여러 개였다. 게다가 텔레비전, 밥솥, 전기포트, 이불 등을 카트에 잔뜩 올렸는데, 공항에서 이불까지 보기는 또 처음이었다. 혹시 북한 사람도 있을까 싶어서 줄 서는 척하며 다가갔지만, 공항이 시끄럽기도 하고 워낙 말소리가 작아서 구분할 수 없었다. 그런데 그 순간, 낯익은 얼굴이 들어간 배지를 가슴에 달고 있는 사람들이 눈에 띄었다. 배지 사진은 분명히 김일성, 김정일의 얼굴이었다. 그들은 북한 사람이 확실했다.

내 앞에 북한 사람이 있다니! 갑자기 마음이 들떠서 나도 모르게 대화하고 있는 그들의 얼굴을 한참이나 보았다. 지금 생각해 보니 조금 실례인 행동이었는데 그들은 내가 쳐다보아도 전혀 신경을 안 쓰는 눈치였다. 문득 '저기 수속 데스크에 있는 직원은 북한 사람일까? 만약 북한 사람이라면 한국말을 써도 될까?'라는 궁금증이 생겨서 여행사 가이드에게 물었다.

"저 한국말 할 줄 아는데 북한 사람과 말할 때 한국말 써도 될까요?"

"물론이죠. 나는 북한에 수도 없이 다녔어요. 그래서 평양 친구들도 꽤 많은 편이죠. 그 사람들은 남한 사람들을 절대 나쁘게 생각하지 않아요. 제이가 가면 되레 엄청 좋아할 걸요? 결국 다 사람 사는 곳이잖아요."

"그렇겠죠? 아직은 실감이 잘 안 나요."

나를 보고 좋아할지 싫어할지는 곧 알게 될 것이다. 기다리는 내내 점점 더 북한 말이 많이 들렸다. 방송에서만 듣던 그 북한 말투를 바로 옆에서 생중계로 들으니 왠지 모르게 가슴이 벅찼다. 그들의 얼굴 하나하나를 조심스럽게 쳐다보았다. 어떤 사람은 우리 삼촌, 어떤 사람은 친구 어머니를 닮았다. 그냥 우리 민족이다. 내가 지금 대한민국과 가장 가깝고도 먼 나라에 가는 게 맞구나 싶어서 씁쓸하기도 했다.

어느새 내 차례가 왔다. 조심스럽게 데스크 위에 여권과 항공

팀승 게이트로 사람들이 모이기 시작했다.

권을 올려놓았다. 여러 질문을 할 줄 알았는데 아무 말도 하지 않았다. 중국 공안이 다가와 내 가방을 엑스레이에 통과시켰더니 삑 소리가 났다. 이런, 시선 집중이었다. 우리 팀 가이드가 멀찌감치에서 나에게 보디랭귀지로 'What's wrong?(무슨 일이야?)'라고 물었고 나 역시 'I don't know.(몰라.)'라고 답했다.

중국 공안이 나에게 가방을 열어 보라는 손짓을 했다. 가방을 펼치자 바로 참치 통조림, 진짬뽕, 진라면, 미역국라면, 카레 가루, 3분 짜장이 먼저 보였다. 이어 차곡차곡 겹쳐 넣은 핫팩들이 줄줄이 가방 밖으로 떨어졌다. 어디 피난 가는 사람도 아니고…. 정말이지 숨고 싶었다. 이런 내 마음을 아는지 모르는지 공안은 아예 손을 넣고 위아래로 뒤지기 시작했다. 급기야 가장 아래 깔아 놓은 옷가지 밑에서는 초코파이가 두 개나 나왔다. 헤집어진 가방을 보고 있노라니 남 앞에서 속옷만 입고 서 있는 기분이었다. 뒤에 영국 팀원들이 날 얼마나 안타깝게 보던지…. 그 외 율무차에 스낵까지, 아무리 뒤져도 나오는 거라곤 온통 먹을 것뿐이라 공안은 내게 "No problem."이라고 말하며 비행기표를 건네주었다. 전혀 노 프로블럼이 아니었지만 말이다.

고려항공 JS 152편은 12시 55분에 베이징을 출발해 북한 시간으로 3시 55분에 도착하는 스케줄이었다. 좌석을 확인해 보니 창가 자리라서 갑자기 다시 기분이 좋아졌다. 평양으로 날아가는 모든 순간을 두 눈으로 감상할 수 있다니, 하늘 위에서 보는 평양은 어떨까? 벌써부터 설렘 폭발하는 마음을 진정시키며 탑승 게이트로 달려갔다.

게이트 앞으로 가니 더 많은 북한 사람이 보였다. 가족 단위로 외국에 다녀오는지 제법 큰 소리로 웃고 떠들기까지 했다. 아무 생각 없이 보면 마치 제주도 공항에 와 있는 느낌이었다. 여행을 오긴 왔는데 그리 멀지 않은 친척이 사는 곳에 와 있는 기분이랄까? 그들에게 다가가서 '안녕하세요?'라고 인사하면 '네, 안녕하세요?' 하고 받아 줄 것만 같았다.

최악의 항공사에 이름을 올린 고려항공

고려항공 기내

남색 유니폼을 멋지게 빼입은 고려항공 승무원들이 탑승 게이트 앞 벤치에 앉아 있었고, 비행기는 출발 전 점검을 받는 중이었다. 서울에서 베이징까지 2시간, 다시 베이징에서 평양까지 1시간 30분이 소요된다. 같은 땅에 있는 옆 동네치고는 오래 걸린다는 생각이 들었다.

탑승 시간이 다가와 항공사 직원들이 탑승 게이트 데스크에서 탑승 준비를 시작하자 대화를 나누던 사람들, 책을 읽고 있던 사람, 샌드위치를 먹으며 핸드폰을 보던 사람 모두 분주해졌다. 집으로 돌아가는 북한 사람들, 장사하러 들어가는 중국 상인들, 여행가는 외국인들. 이 중에서 나만큼 두렵고 무서운 동시에 설렘까지 느끼는 복잡미묘한 상태인 사람이 또 있을까? 나처럼 '북한'이라는 두 글자에 가슴이 먹먹해지는 사람이 또 있을까? 이제 곧 북한 사람들과 북한 항공기를 타고 북한에 도

우리를 북한까지 데려다줄 고려항공 JS 152편

착한다니 스릴까지 느껴졌다.

탑승이 시작되어 무리 중간 즈음에 줄을 섰다. 가능한 한 여행
내내 사람들 앞이나 뒤가 아닌 중간 즈음에 껴 있을 생각이었
다. 기내로 들어서니 여느 항공사와 같이 승무원들이 반갑게
맞아 주었다. 외국인 팀원 대부분이 베이징 미팅에서 배운 한
국말 인사를 하면서 들어갔다.

"아녀하..쎔니까?"

서투른 발음이 귀엽게 들렸는지 "어서 오십시오." 하고 웃으며
맞아 주었다. 항공기는 좀 오래되어 보였지만 내부는 깨끗하

게 정리되어 있었다. 좌석에 앉아 승객들의 짐을 짐칸에 올리는 승무원을 보고 있노라니 마음이 조금 차분해졌다.

나는 사실 비행을 즐기는 편은 아니다. 비행공포증이 심했던 적이 있어서, 항공사별 비행 후기를 많이 찾아본다. 자리가 불편하거나 음식이 형편없다는 등의 평가는 관심 없고 오로지 '안전'이 나의 최대 관심사다. 이번 북한 여행을 결정할 때도 인터넷으로 고려항공 후기를 검색해 봤다. 매년 항공사 평가에서 유일하게 최하위 점수, '별 하나'를 받고 있었다. 세계 최악의 항공사에도 이름이 올랐다지만 의외로 긍정적인 탑승 후기도 많았다. 예전에는 중국국제항공에도 베이징-평양 구간 노선이 있었지만 수요가 많지 않아 이제는 고려항공이 주로 운행한다고 했다.

비행기에 들어설 때는 몰랐는데, 덩치가 큰 서양인들이 한꺼번에 밀려 들어오니 좀 좁게 느껴졌다. 가이드가 말하길, 비행기 내부에서는 셀카 정도만 가능하고 가급적 승무원을 포함한 기내 사진을 찍지 말라고 했다. 이륙이 시작되자 어디선가 많이 들어 본 듯한 목소리의 안내 방송이 들렸다. 천장에 달린 스크린에서 기내 안전 방송이 나오는 중이었다.

고려항공 기내식 '미스터리 버거'를 맛보다

고려항공 기내

고려항공의 '미스터리 버거'는 꽤 유명하다. 고려항공이 최하위 점수를 받게 된 이유 중 하나가 바로 이 기내식 때문이라는 놀라운 사실! 맛이 없어서이기도 하지만 패티가 무슨 고기로 만들어졌는지 알 수 없어서 그렇게 불린다고 한다. 승무원에게 물어봐도 속 시원한 대답을 들을 수 없다나. 빵과 패티 사이에 살짝 묻은(?) 야채까지, 햄버거라고 하기엔 뭔가 좀 모자란 비주얼이라고 들었다.

이륙하고 얼마 지나지 않아 승무원이 앞에서부터 신문을 나눠 주기 시작했다. 보통 다른 항공사는 탑승할 때 필요한 사람만 신문을 가져가는데 고려항공은 기내에서 직접 준다. 기념으로 영어판, 한국어판 모두 받으려고 했는데 내 앞줄에서 신문이 딱 떨어졌다. 그리고 더는 신문을 나눠 주지 않았다. 나는 신문을 꼭 받고 싶어서 승무원이 볼 수 있도록 손을 흔들었고 그녀

고려항공 기내는 3-3 좌석이다. 의자가
빨간색이라 그런지 사회주의 분위기가 물씬
풍겼다.

자리에 앉아 보니, 키가 큰 사람들은 조금
불편할 것 같았다.

는 미소를 띠며 다가왔다. 북한 사람과의 첫 대면이었다. 영어
를 해야 하나 한국말을 해야 하나 고민하고 있는데 승무원이
물었다.

"How can I help you? (무엇을 도와드릴까요?)"

"저, 한국말이 쓰여 있는 신문 좀 주세요."

내가 손가락으로 네모까지 그려 가며 말하자 승무원은 토끼
눈을 뜨면서 되물었다.

"조선 분이십네까?"

"아, 아뇨. 저 조선 사람 아닌데요. 그냥 조선말 할 줄 알아요."

순간 북한 사람을 말하는 건가 싶어 당황해서 아니라고 해 버렸다. 승무원은 여전히 반신반의한 눈으로 나를 보며 신문은 가져다주겠다고 말했다. 나는 승무원이 돌아서자마자 후회했다. 그냥 한국에서 왔다고 할걸. 너무 딱 잘라서 조선 사람이 아니라고 대답한 게 마음에 걸렸다.

'조선인이면 어떻고 코리안이면 어때. 어차피 관광증에 난 이미 조선인으로 되어 있는데. 그래, 북한에 도착하면 그냥 조선 사람이라고 하자. 나도 이렇게 그들을 보는 게 반갑고 신기한데 설마 한국에서 왔다고 싫어하겠어?'

그 사이 승무원이 와서 활짝 웃으며 신문을 건네주었다. '로동신문'이었다. 두음 법칙을 쓰지 않는 것도 재미있고 흥미로웠다. 옆에 앉은 사라(Sara)가 한국말을 쓰고 읽는 나를 신기하게 쳐다보았다. 사라도 호주 사람인데 현재는 영국에 살고 있다.

"제이, 한국말 할 줄 알아요?"

"네. 저 남한에서 태어나고 자랐어요."

다른 나라였다면 그렇지 않을 텐데, 외국인들과 함께 한국말을 쓰는 나라에 여행을 가게 되니 왠지 잘난 척(?) 좀 할 수 있을 것 같은 느낌이 들었다. 잠시 뒤 승무원들이 카트를 밀며 다시 나왔다. 비행기 여행의 하이라이트 기내식 타임! 나는 오히려 그 악명 높은 기내식 경험을 기대하고 있었다. 이제는 내가 맛볼 차례였다. 아까 그 승무원이 한국말로 물어 왔다.

맛없기로 악명 높은 고려항공 기내식

"음료수는 어떤 걸 드시겠습니까?"

"콜라 주세요."

난 원래 콜라를 마시지 않지만 '코코아 탄산 단물'이라고 쓰여 있길래 먹어 보고 싶었다. 이름부터가 솔직 담백하다. 북한 콜라도 남한의 콜라와 맛이 똑같을까 생각하며 한 입 머금었다.

'으악, 이게 도대체 뭐야?'

설탕을 푼 한약물에 탄산을 넣은 것 같은 맛. 도저히 더 마실 수 없었다. 하지만 햄버거는 예상과 달리 맛있었다. 빵은 뽀송뽀송 신선했고 특히 패티 맛이 좋았다. 닭고기인지 돼지고기인지는 모르겠지만, 살짝 기름져서 부드러웠다. 분명 소고기는 아닌 맛. 잡고기인가? 설마 개고기는 아니겠지? 북한도 식용으로 개를 기른다는 소리를 들었기에 개고기가 섞였다고 해도 전혀 이상할 일이 아니었다. 비록 야채라고는 양상추와 양배추 조금뿐이었지만 맛은 나쁘지 않았다. 기내식은 대체로 만족이었다.

맛있게 먹고 나니 어느덧 착륙을 준비한다는 안내 방송이 나왔다. 90분 비행답게 이륙 후 기내식 서비스가 나오고, 조금 있으니 착륙이란다. 서둘러 기내에서 받은 입국 신고서를 작성하기 시작했다. 북한에 오기 전에 여행한 나라 두 곳과 체류 기간을 적으라고 되어 있었다. 북한에 오기 전 두 곳이라면 베이징과 서울인데, 서울 주소를 써도 되나 싶었다. 설마 우리 집을 찾아보는 건 아닐까, 예전에 살던 호주 집 주소를 적을까 하는 고민 탓에 머리까지 아팠다. 마침 현재 한국 대학을 다니는 독일 팀원에게 물으니 본인은 서울 집 주소를 적었다고 한다. 에라 모르겠다 하는 마음으로 체류 기간 5년과 서울 집 주소를 썼다. 그렇게 난 북조선 동포들에게 내 운명을 맡겼다. 비행기가 착륙했고, 카키색 유니폼을 입은 북한 사람들이 보이기 시작했다. 드디어 북한 땅을 밟은 것이다.

평양 도착. 창문 너머로 평양 공항이 보인다.

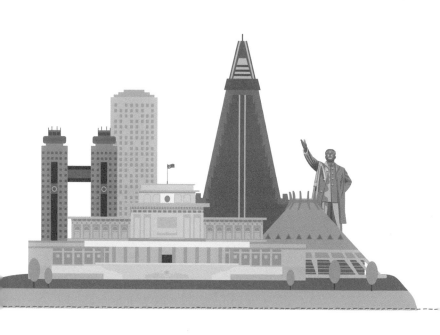

2장

북한의 그 '평양' 맞습니다

조선족이십네까?

평양순안국제공항

평양 공항 입국 심사대에 도착했다. 나는 누가 시키지도 않았는데 두 손을 공손히 모으고 줄을 섰다. 머릿속은 서울 집 주소가 적힌 입국 신고서 생각으로 꽉 차 있었다.

내 차례가 되어 북한 심사관 앞에 섰다. 서로 인사조차 하지 않았다. 카키색 모자를 눌러 쓴 심사관은 나를 쳐다보지도 않은 채 데스크 위에 올려놓은 여권과 관광증, 입국 신고서를 확인했다. 심장이 여러 번 쫄깃해지는 날이었다. 정적이 흘렀다. 왜 아무 말도 하지 않는 건지 알 수 없었고, 그냥 자리에 주저앉고 싶을 뿐이었다. 만약 일이 잘못되어 바로 어디로 끌려간다고 해도 아무도 모르겠구나 싶은 생각에 엄마 생각이 났다. 그렇게 가지 말라고 했는데 뭐 대단한 거 한다고 북한까지 왔을까. 몇 초가 흘렀는지 몇 년이 흘렀는지 정신이 어질어질해질 때쯤, 갑자기 심사관이 물었다.

"주소 좀 확인해 주십시오. 서울 어뎁니까?"

이렇게 부드러운 말투라니? 순간 기분이 묘했다. 나는 긴장하지 않은 척, 아무렇지 않은 척하며 대답했다.

"아, 서울시 ooo요."

"주소 표기법이 바뀌었습니까? 원래는 ooo 아닙니까?"

"네, 맞아요. 그건 구주소예요. 제가 적은 건 신주소고요."

구주소를 알고 있다! 그리고는 직업란에 적은 퇴사한 회사에 대해서도 물어왔다.

"아, 기릿습니까? 서울국제영어학교는 어디 있습네까?"

"서울에 있어요. 주소 알려 드려야 하나요?"

"아, 일 없습네다. 다 됐습니다"

그가 살짝 미소 지으며 주는 여권을 건네받을 때 비로소 얼굴이 보였다.

'어머! 웬일이야, 잘생겼잖아.'

정말 깜짝 놀랐다. 이 사람은 딱 봐도 호감형 미남이었다. 나도 모르게 치아가 다 보이게 활짝 웃었다. 남남북녀라고 했던가? 오늘은 정말 남녀북남이고 싶었다. 긴장이 풀려서인지 심사를 마치고 나니 이제서야 공항이 눈에 들어왔다. 북한 공항이 이렇게 세련될 거라고 상상이나 해 봤을까? 크기는 김포공항보다 훨씬 작았지만 깔끔하게 꾸며진 모습에 괜스레 기분이 좋아졌다. 시작부터 내가 가지고 있던 북한에 대한 이미지가 바

뛰는 느낌이었다.

마치 김포공항에 와 있는 것처럼 가벼운 발걸음으로 가방을 찾으러 갔다. 탑승객이 많지 않아서인지 짐도 빨리 나왔다. 신나게 짐을 끌고 나가려는데 출구 바로 앞에 서 있던 북한 보안원(경찰)이 나를 불러 세웠다. 그리고는 엑스레이같이 생긴 기계에 짐을 한 번 더 통과시키라고 하며 내 여권과 세관 신고서를 확인했다.

"조선인입네까?"

"네! 남조선에서 왔어요."

심사관의 눈이 휘둥그레졌다. 그러더니 내 여권을 다시 확인하고 물었다.

"조선족이십네까?"

"아니요. 조선족 아니에요. 남조선, 서울에서 왔습니다."

이번엔 여유 있게 대답했더니 검사관이 슬쩍 웃는 얼굴로 여권을 돌려주었다.

"아, 기릿습니까? 알겠습니다. 잘 있다 가십시오."

작은 친절도 크게 받아들인 건지, 미소 하나에 거의 환대를 받은 느낌이었다. 괜한 걱정으로 밤잠을 설치고, 긴장해서 굳었던 일은 벌써 먼 일이 됐다. 무섭다고 오지 않았다면 정말 후회했을 거다. 내가 가기 전 문재인 대통령이 다녀간 덕분인지 더 좋은 분위기가 형성된 것 같기도 했다.

그냥 동무라고 불러 주세요

평양 공항에서

모든 관문을 통과하고 밖으로 나오니 먼저 나온 팀원들이 모여서 수다를 떨고 있었다. 이렇게 평양에서 보니까 오랜 친구를 만난 것같이 반가웠다. 동지애를 느끼면서 아직 나오지 않은 팀원들을 기다리고 있는데 난데없이 북한 사람 두 명이 내게 다가왔다.

"저, 재연입네까?"

처음 보는 사람이 내 이름을 말해서 당황스러웠다. 옆에 있던 팀원들도 갑자기 다 조용해졌다.

"네, 그런데 어떻게 제 이름을 아세요?"

"아, 고조 우리는 가이듭네다."

참고로 이번 여행에 동행하는 직원들은 베이징에서 함께 출발한 여행사 가이드 두 명(영국인)과 현지 가이드 두 명, 현지 운전사 두 명이었다.

"아하하하, 가이드님이시구나. 깜짝 놀랐어요. 만나서 반갑
습니다."

"예, 만나서 증말 반갑습네다. 처음에 비자 신청서를 받고 이
름도 조선 사람, 얼굴도 조선 사람인데 국적이 오스트레일리
아여서 조선말을 하는지 궁금했습네다."

그는 나를 부를 때 어떤 호칭을 쓸지 고민하는 기색이었다. 나
는 당연히 '정재연 씨'라고 할 줄 알았는데 북한에서는 '씨',
'님' 등의 호칭은 사용하지 않는다고 했다. 북한의 호칭은 동무
와 동지로 구분하는데 나이가 나보다 적으면 동무, 나이가 많
으면 동지를 이름 뒤에 붙여서 부른다고 한다. 예를 들어 친숙
하거나 나이가 어리면 재연 동무, 나이가 많고 존경을 표한다
면 재연 동지가 되는 것이다. 북한 가이드가 나에게 어떻게 부
르면 좋겠는지 물었다.

"재연 씨라고 해도 좋고, 재연 동무라고 해도 좋고 편한 대로
부르세요."

"남한에서는 재연 씨를 어케 부릅네까?"

"글쎄요. 재연 씨? 아니면 그냥 미스 정이라고 하는 사람도
있고요."

내 말에 북한 가이드들이 빵 터졌다. 그렇게 난 미스 정이 되었
다. 내가 가이드와 한국말로 대화를 나누자 외국인 팀원들이
하나같이 신기하다는 눈빛을 보냈다.

"제이, 한국말 할 줄 알아요?"

"네, 저 남한에서 태어나고 자랐어요."

"오 마이 갓! 북한 여행이 엄청 특별하겠군요! 나중에 필요
하면 통역 좀 부탁해요."

여행 와서 내가 통역을 할 거라고는 예상하지 못했는데, 북한
에서는 그런 상황이 생길지도 모른다는 생각이 들었다. 이제
부터 영화 속으로 들어간 듯한 여행이 펼쳐지지 않을까?

미스 정, 혹시 재벌입네까?

평양 시내로 가는 관광버스

본격적인 평양 여행이 시작되었다. 공항에서 나온 후 크고 깔끔한 관광버스에 탔다. 이번 여행을 책임지는 북한 여행사는 조선국제여행사였다. 팀원이 25명 이상이라 버스 두 대로 나뉘어 관광하기로 했다. 버스에 타자마자 가이드의 설명이 이어졌다. 간단한 가이드 소개와 북한 여행 시 관광객이 지켜야 할 규칙을 다시 들었다. 주로 사진이나 동영상 촬영에 관한 내용이었고, 다른 사항은 북한이 아니더라도 꼭 지켜야 하는 기본적인 매너에 관한 것이었다.

버스 창문으로 끝이 보이지 않는 겨울 밭이 펼쳐져 있었다. 걸어가는 사람들, 자전거를 타고 지나가는 사람들이 보였고 간혹 오래된 달구지를 끌고 가는 주민도 보였다. 얼핏 보면 남한의 시골에 와 있는 듯했지만, 종종 보이는 빨간 글씨의 '위대한 김정일 장군님 만세' 팻말 때문에 할머니가 그토록 무서워했던 공산당의 나라에 왔다는 걸 다시 한 번 실감했다.

나는 북한 현지 가이드들의 영어 실력에 꽤 놀랐다. 나중에 물어보니 둘 다 북한 관광대학교 출신이었다. 아까 나에게 '미스 정'이라는 호칭을 처음 썼던 가이드가 다가와서 내 옆에 앉아도 되는지 물었다. 아무래도 내가 한국에서 왔다니까 궁금한 게 많은 것 같았다.

"미스 정은 혹시 재벌입네까?"

"네? 그럴 리가요. 하하하. 다음 생에는 재벌로 태어나고 싶은 평민입니다."

"미스 정은 오스트레일리아에서 유학했습니까?"

"네, 거기서 공부하다가 나중에 국적을 취득했어요."

"여기 오는데 여행 경비는 얼마 냈습니까?"

비자랑 보험비는 별도지만 여행 경비는 대략 1,400유로(약 180만 원), 베이징에서 하루 묵은 비용까지 합쳐서 2,000유로(약 260만 원) 정도 쓴 것 같다고 성실하게 대답했다. 가이드는 고개만 끄덕일 뿐 별말이 없었다. 나중에야 들은 이야기지만 한국 돈 만 원이면 북한의 4인 가족이 일주일 내내 쌀밥에 고깃국을 맛있게 먹을 수 있다고 한다. 그러니 여행으로 그런 큰 돈을 쓰는 나를 보고 재벌쯤은 되나 궁금했던 모양이다.

"남한 사람들은 월급이 얼마 정도 합네까?"

본격적으로 인터뷰가 시작된 건가? 대답을 어떻게 할지 고민
되었다. 솔직하게 말하면 되겠지만 말이다.

"글쎄요. 많이 버는 사람은 많이 벌고 적게 버는 사람은 적게
벌고 그래요."

"그럼 미스 정은 얼마를 법네까?"

내가 얼마를 버는지 솔직하게 말했다. 그리고 그 액수는 많지
도 적지도 않은 금액일 거라고도 덧붙였다. 그는 고개를 끄덕
였고 더 이상 다른 질문은 하지 않았다. 줄곧 울퉁불퉁하던 도

북한은 자전거가 주요 교통수단이라고 한다.

로 위를 달리던 버스가 부드럽게 밀려 나가는 걸 보니 어느새
평양에 가까워진 것 같았다. 높은 건물들과 자동차, 전차 등이
하나둘씩 보이기 시작했다.

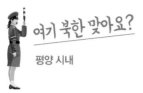

여기 북한 맞아요?

평양 시내

"어머머, 여기 북한 맞아요?"

눈앞에 펼쳐진 광경을 보고 입이 떡 벌어졌다. 여기저기서 사람들의 탄성이 흘러나왔다. 어찌나 높은 건물이 많은지 상상과는 완전히 딴판이었다. 언제 이렇게 발전했을까? 북한이 공들여 개발한 도시라서 그렇기도 하겠지만, 내가 몰라도 너무 몰랐다는 생각이 들었다. 이런 평양의 모습을 텔레비전에서는 한 번도 본 적이 없었다.

"미스 정, 놀랐습네까?"

연신 감탄사를 날리는 내게 가이드가 물었다.

"네, 정말 놀랍네요. 북한에 이렇게 높은 건물이 많을 줄은 상상도 못 했어요."

"남조선 사람들은 우리가 어떻게 사는지 잘 모릅네까?"

"네, 뉴스에는 정치 관련 내용만 나와서 사실상 현지인 이야

고층 건물들이 빽빽하게 들어선 러명거리

기는 잘 몰라요. 특히 이런 발전된 모습은 별로 본 적이 없는
것 같아서요."

"그럼 우리에 대해 알 수 있는 방법이 아예 없습네까?"

"네, 많지 않아요. 탈북자분들이 북한 생활에 대해 얘기하는
방송 프로그램이 있어서 그거 보면서 북한에 대해 좀 배우는
편이죠."

"탈북자라고 하면 우리에 대해 나쁜 말만 하지 않겠습네까?"
가이드가 탈북자라는 말을 언급하는 순간, 아차 싶었다. 북한
에서 가장 예민한 부분에 대해 너무 편하게 말했다는 생각이
뒤늦게 들었다.

"네, 물론 어려웠던 북한 생활이나 탈북 과정에 대해서도 이야기하지만, 그것보다는 사람 사는 얘기를 해요. 사랑, 연애, 가족, 직장 생활 같은 거요. 얼마 전에는 거기서 각 지방에서 오신 분들이 김치를 만들기도 했어요. 이런 프로가 없으면 북한 사람들이 어떻게 사는지 잘 모를 거예요."

조금 예민해진 듯한 가이드의 눈치를 보며 설명을 덧붙였다. 가이드는 이제 이해했다는 듯 고개를 끄덕였지만 어색한 헛웃음도 보였다. 이후로는 정말 말조심해야겠다고 다짐했다. 물론 나 자신을 위해서이기도 하지만, 북한 사람이 탈북자를 보는 시각을 가지고 내가 뭐라고 할 수 없다는 생각이 들어서였다.

버스에 내려 처음 도착한 곳은 김일성경기장이었다. 1926년에 건설되었다는 이 경기장은 북한에서 두 번째로 큰 야외 종합 체육 경기장(첫 번째는 5월1일경기장)으로 축구를 포함한 각종 경기를 동시에 진행할 수 있다고 한다.

2017년 4월, 대한민국 여자 축구 대표팀이 방북하여 2018 AFC 아시아 월드컵 예선을 진행한 곳으로도 잘 알려져 있다. 대략 10

경기장 입구 주변의
운동선수 동상

'북한 축구의 성지'라고 불리는
김일성경기장 앞

만 명의 관중을 수용할 수 있다는데 경기장 이름에 걸맞게 거
대한 크기의 김일성, 김정일 사진이 건물 중앙에 걸려 있었다.
한때는 모란봉경기장으로 불렸으나 김일성 주석의 70번째 생
일을 기념하여 개축하면서 김일성경기장으로 명칭이 바뀌었
다고 한다.
어제 아침까진 서울 내 방에 있었는데 오늘은 이렇게 평양 땅
을 밟고 있다니! 감동을 느끼며 천천히 걷는 사이 다른 팀 북
한 가이드가 껄껄 웃으며 삼촌 포스로 말을 걸어왔다.

평양개선문. 파리 개선문에서 아이디어를 얻었다고 한다.

"미스 정! 거, 너무 혼자 돌아다니면 안 됩네다. 큰일납네다."

"저 경기장 안에는 못 들어가나요?"

"4월에 평양 마라톤 할 때 오십시오. 관광객들도 많이 참여
합네다."

매년 4월이 되면 이 경기장에서 평양 마라톤이 열린다고 한다.
매우 큰 행사로 관광객도 누구나 참여할 수 있고 북한 주민들
과 함께 좋은 추억을 만들 수 있다는 점에서 유명한 여행 상품
이기도 하다.

경기장에서 약 200m 떨어진 곳에는 평양개선문이 있었다. 김
일성 주석의 독립운동 업적을 기리기 위한 건축물로, 주석의
70번째 생일에 맞춰 1982년에 건립되었다. 양옆의 기둥에는

1925와 1945라는 숫자가 새겨져 있는데 1925는 김일성 주
석이 독립운동을 위해 집을 떠난 연도를 의미하고, 1945는 조
국 독립의 해를 의미한다.

다음으로는 간단히 평양 시내를 둘러본다고 들었는데, 이미
해가 뉘엿뉘엿 넘어가고 있었다. 버스로 이동한 우리는 승리
거리에 있는 김일성광장 앞에 내렸다. 한반도에서 다섯 번째
로 큰 강이라는 대동강도 보였는데, 이곳에 고구려 나무다리
유적도 있다고 들었다. 강 건너편에는 주체사상탑이 우뚝 서

가운데 건물이 북한에서 가장 큰 도서관인 인민대학습당이다.

있었다. 저 탑은 어떤 의미를 가지고 있을지 궁금했지만, 낮 시간에 다시 온다는 말에 우선 질문을 삼켰다. 우리는 쌀쌀한 밤바람을 맞으면서 광장 내에 있는 인민대학습당 쪽으로 걸어갔다. 환하게 빛나는 인민대학습당은 모두의 눈길을 사로잡기에 충분했다. 북한에서 규모가 가장 큰 도서관이자 복합 문화 시설로 고서적부터 외국 서적, 아동 서적 등 거의 모든 종류의 책이 보관되어 있다고 했다. 그때 호주인 팀원 한 명이 북한 가이드에게 질문했다.

"북한에서도 웬만한 책은 다 읽을 수 있나요?"

그가 말한 '웬만한 책'은 '북한 사상에 반하는 종류가 포함된 모든 책'을 말하는 것처럼 들렸다. 북한 가이드도 그렇게 느꼈는지 약간 주춤하더니 대답했다.

"저희도 모든 책을 다 구해서 읽습네다. 전자책도 봅네다."

학습당 건물 앞으로 넓디넓은 김일성광장이 있었다. 뉴스에서 가장 많이 본, 바로 그 열병식을 진행하던 곳이 틀림없었다. 이 광장은 세계에서 16번째로 큰 광장으로 축제, 집회, 군사 퍼레이드 등의 많은 행사가 열린다고 한다. 한국으로 치면 광화문광장과 같은 곳이며 북한을 대표하는 중요한 장소 중 하나다. 왼쪽 건물에는 조선로동당기가 걸려 있고 오른쪽 건물에는 조선민주주의인민공화국 국기가 걸려 있다. 해가 완전히 진 데다 북쪽이라 그런지 관광하는 내내 몸이 덜덜 떨릴 정도로 추웠지만, 첫날 일정 중에 가장 인상 깊었던 곳이었다.

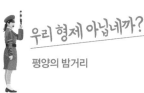

우리 형제 아닙네까?

평양의 밤거리

"여러분, 저녁 먹기 전에 평양 밤거리 산책할까요?"

가이드가 우리에게 큰 소리로 말했다. 평양의 밤거리를 산책한다니, 관광지가 아닌 일반 거리를 간다는 말에 다들 다시 기운을 내는 것 같았다. 각자 핸드폰이나 사진기를 서둘러 꺼내며 걷기 시작했다. 바람도 많이 불고 허기진 상태였지만, 나 역시 북한 주민들을 가까이서 볼 수 있다는 생각에 한껏 기분이 좋아졌다. 걸어서 김일성 광장을 빠져나오니 퇴근하는 시민들이 조금씩 보이기 시작했다.

북한의 편의점도 처음 보았다. '경림 종합편의' 간판 불만 켜져 있고 안은 깜깜하길래 당연히 영업이 끝난 줄 알았는데 언뜻 보니 사람이 두 명 정도 있는

평양 거리의 편의점

맨 꼭대기의 봉화가
활활 타오르는 주체사상탑

것 같았다. 가이드에게 지금 편의
점이 열려 있는 거냐고 물었더니
당연하다는 듯 "예" 하고 대답했
다.

불을 끄고 장사하는 편의점보다
더 이상한 점은 따로 있었다. 시민
들이 우리를 전혀 신경 쓰지 않는
다는 점이었다. 한 무리의 외국인
관광객이 자신들을 계속 쳐다보
면서 연신 사진을 찍는데도 누구

하나 싫어하는 표정을 보이지 않았다. 아니, 우리를 투명 인간
취급하는 느낌마저 들었다. 워낙 외국인들이 관광을 많이 와
서 그럴지도 모르지만 일부러 눈을 마주치지 않으려는 느낌이
드는 건 나뿐이었을까?

 내 앞에는 한 할머니와 손녀가 손을 잡고 걸어가고 있었다. 손
녀가 할머니에게 뭐라고 재잘거리는데 하나도 알아듣지 못했
다. 분명 한국말이고 단어는 들리는데 왜 문장으로 귀에 안 들
어올까 싶었다. 문득 "쌤, 영어 리스닝 테스트 망했어요!"라고
울먹이며 말하던 학생들 심정이 이해 가는 순간이었다. 그래
도 이렇게 북한 사람들과 함께 걷는다는 게 참 좋았다. 혹시 말
이라도 걸 수 있을까 싶어 좀 더 가까이서 걸었더니 아이는 나

를 힐끔힐끔 쳐다보다 할머니 옆으로 숨었다.

"미스 정, 기분이 어떠십네까?"

나를 부르는 소리에 깜짝 놀라 옆을 돌아다보았다. 여기 가이
드들은 홍길동도 아니고 언제 어디에서 나타나는지 어느 순간
옆에 와 있다. 아무래도 북한 주민에게 말을 걸고 싶어 하는 내
속마음을 읽었나 보다.

"기분요? 그냥 좀 신기해요. 저기 꼬마가 할머니한테 뭐라고
말하는데 하나도 못 알아듣겠더라고요. 우리나라 말이랑 똑
같을 줄 알았는데 많이 다르네요."

내 말에 씁쓸하게 웃는 가이드의 표정을 보고, 같은 언어를 쓰
는 남북을 나누듯이 말한 게 마음에 걸렸다.

"하하. 우리나라가 어딨고 남의 나라가 어딨겠습네까? 남조
선은 뭐고 또 북조선이 다 뭡네까? 우리 형제 아닙네까?"

"아, 맞아요."

"그냥 서울에서 왔다고 하십시오. 저도 평양에서 왔다고 하
겠습네다."

가이드의 말을 듣고 코끝이 찡했지만, 다행히 벌써 눈물이 흐
르진 않았다.

북한 김치부터 먹어 봐야죠

평양에서의 첫 번째 식당

평양에서의 첫 끼를 먹은 곳은 1층에 기념품 가게가 있고 2층에 식당이 있는 건물이었다. 식당 안 테이블 위에는 벌써 안줏거리와 대동강맥주, 평양소주가 놓여 있었다. 친구끼리 또는 가족이 함께 여행 온 팀원들도 있었지만 나처럼 혼자서 온 사람이 많아서 자리는 아무 데나 먼저 앉는 사람이 임자였다. 어느새 식당은 사람으로 꽉 찼다.

아직 서로에 대해 잘 모르기도 했지만 원래 인간은 배고프고 피곤하면 말이 적어지는 법. 떠드는 사람은 별로 없었다. 다들 배고팠는지 먼저 준비된 스낵과 음료를 정신없이 먹었고, 밥이 나오기도 전인데 깍두기까지 추가했다. 곧 메인 메뉴인 돌솥비빔밥이 나왔는데 밥 위에 얹어진 콩나물을 보고 나는 깜짝 놀랐다. 대가리가 얼마나 큰지 거의 콩밥 같아 보였다. 특이한 점은 돌솥에 물을 살짝 넣어 비벼 먹는다는 점이었다. 촉촉한 비빔밥을 한입 먹어 보았는데, 개인적으로 한국 비빔밥이 더 취향이었다. 가장 기대한 반찬은 뭐니 뭐니 해도 한국인의 소울 푸드, 바로 김치였다. 북한의 김치도 한국 김치 맛과 같을까? 비주얼로만 봐서는 왠지 간이 덜 된 느낌이 났다.

'어머, 담백하고 깔끔한 맛!'

막상 먹어 보니 전혀 싱겁지 않았다. 설명하자면 젓갈이 덜 들어간 서울식 김치 맛과 흡사했다. 아삭아삭 씹히는 깍두기도 얼마나 맛있던지, 깍두기만 몇 번을 리필해 먹었는지 모르겠다. 식당에서 직접 만들었다는 막걸리도 한 잔씩 마셨는데 깍두기에 막걸리는 가히 환상의 콤비였다.

나물무침 역시 약간 싱거운 듯했지만 조미료 맛은 전혀 나지 않아 내 입맛에 딱이었다. 시금치나물이며 콩나물이며 모두 재료 본연의 맛이었고, 국 역시 남한의 국이나 찌개 맛과 거의 똑같았다. 육개장이나 차돌된장찌개 같은 푸짐한 비주얼은 아니었지만 마치 우리 할머니가 된장을 풀고 두부, 버섯 등을 대강 숭숭 썰어 넣어 투박하게 끓인 듯한 집 된장국 맛이었다. 고향이 떠오를 정도로 정말 맛있었다. 하지만 이렇게 맛있는 밥상에도 아쉬운 점이 있었다. 그건 바로 '밥'이었다. 쌀밥은 윤기나 찰기가 전혀 없이 푸석푸석했다. 맛이나 영양가로는 한국 쌀이 나아 보였다. 가이드도 쌀은 남한 쌀이 훨씬 좋지 않냐고 물었다. 사실 나도 한국 쌀밥이 더 맛있다는 건 오늘 처음

북한에서 먹은 첫 식사. 리핀한 깍두기가 썰어 있다.　　　　　　메인 메뉴였던 돌솥비빔밥

안 사실이었다.

식사를 대강 끝냈을 때 마침 종업원이 지나가길래 "화장실이 어디예요?" 하고 물어봤다. 외국인 여행객 틈에서 한국말을 들어서 놀랐을까? 토끼 눈을 뜨고 아무 말 없이 나를 쳐다보고만 있었다. "저 남조선 사람입니다." 하고 먼저 인사했더니 그제서 "아~" 하며 손으로 입을 가리며 웃었다. 하지만 내 질문을 못 알아들은 것 같았다. 옆에 있던 가이드가 대신 1층이라고 알려 주었다. 나중에야 알았는데 북한에서 화장실은 '위생실', 휴지는 '위생지'라고 부른다고 한다.

'녀자'라는 팻말이 붙은 문을 여니 가장 먼저 물이 가득 찬 빨간 플라스틱 통과 바가지가 보였다. 좌식 화장실인데 물 내리는 밸브가 따로 없었기에 바가지를 써서 물을 내려야 했다. 세

면대는 신식이었지만, 비누는 없었다. 문득 '외국인 팀원이었다면 과연 바가지의 용도를 알아챌 수 있었을까?' 하는 생각이 들었다. 아마 당황하지 않았을까 싶다.

1층 기념품 가게에는 어떤 걸 팔고 있나 궁금해서 문 앞으로 갔더니 자동으로 열렸다. 이곳도 안이 어두워서 영업을 안 하는 줄 알았는데, 종업원들이 있었다.

"어서 오십시오."

"저… 안녕하세요. 구경 좀 해도 될까요?"

종업원은 무뚝뚝한 표정을 하고 곧장 다른 종업원들이 몰려 있는 곳으로 가 버렸는데, 눈치를 보아하니 얘기를 하는 것 같았다. 마침 식사를 끝낸 가이드가 들어오길래 "가게가 어두워서 문 닫은 줄 알았어요"라고 말하니까 심각하게 속삭이는 내가 재미있었는지 "그래도 물건은 다 보이지 않습네까?" 하며 웃었다. 맞는 말이긴 하다. 방금 전 편의점도 그렇고 북한은 전기 공급이 원활하지 않아서 그런지 밤에도 최소한의 불만 켜고 장사하는 곳이 많았다. 북한 사람들은 이미 익숙해진 것 같았다.

조명이 커진 평양의 밤거리

신젓이 신젓이지, 한번 드셔 보시라요

서산호텔

밥까지 먹고 나니 9시가 훌쩍 넘은 시간이었다. 서둘러 버스를 타고 우리 팀이 3일 동안 묵을 서산호텔에 도착했다. 서산호텔은 4성급으로 30층이나 되는 엄청난 규모를 자랑하는 곳이었다. 깜깜한 밤에 버스에서 내려 찬 공기를 마시니 마치 경주로 수학여행 온 느낌도 들었다. 2인실 방 배정을 받고는 물을 사기 위해 호텔 입구에 위치한 청량음료점에 들렀다. 한국의 프랜차이즈 편의점 같은 곳이다.

"안녕하세요. 물 한 병 주세요."

"한 병 말입네까?"

이곳의 점원은 한국말을 들어도 놀라지 않았다. 간식거리를 사 갈까 싶어 옆에 있는 오픈 냉장고를 들여다보았는데, 이것 또한 신세계였다. '닭알'이라는 이름의 제품을 발견했다. 그렇다. 북한에서는 달걀을 닭알이라고 부른다. 이 솔직 담백한 이

북한의 주전부리들

름을 사랑하지 않을 수 없다. 포장된 찐 달걀이었다. 신기한 이름은 또 있었다. '신젖'이 도대체 뭘까? 젖이니까 우유? 판매원에게 물어보았다.

"신젖이 뭐예요?"

"네? 신젖이 신젖이지, 신젖 모르십니까? 맛이 아주 좋습네다. 한 번 드셔 보시라요."

맞는 말이긴 하다. 먹어 보지 않고는 도저히 힌트도 못 얻겠다 싶어서 하나 샀다. 그 자리에서 빨대를 꽂고 아주 조심스럽게 한 모금을 마셨는데, 요플레다! 그렇다면 신젖은 신맛이 나는 소젖의 준말이 아닐까 싶었다. 맛은 떠 먹는 요구르트랑 똑같았다. '닭고기 맛 튀기'라는 과자도 먹어 보았는데, 아쉽게도 닭고기 맛은 전혀 느껴지지 않았다. 소금이나 조미료가 거의 안 들어간 듯했고, 과자를 먹고도 건강해지는 느낌은 처음이었다. 짭짤한 과자 맛에 길들어 있는 사람이라면 맛이 없다고 할지도 모르겠다.

화장품 가게도 보여서 가 보니 스킨로션부터 마스크 팩, 색조 제품까지 없는 게 없었다. 얼굴 팩은 미안막, 마사지 크림은 미안 크림, 스킨은 살결 물, 로션은 물 크림, 영양 크림은 밤 크림

가게에 전시되어 있던 화장품

이라고 불렀다. 북한 여성들은 미백에 신경을 많이 쓰는 듯 미백 제품 종류가 굉장히 많았다. 주 원료는 개성 인삼. 나는 미안막 10개입 두 박스를 샀다. 박스당 중국 돈 100위안이니 한국 돈으로 거의 만 팔천 원 정도다. 북한 물가치곤 비싼 편이다. 점원에게 "비싸네요?" 하니 못 알아듣는 것 같았다.

방에 들어와 보니 독일인 룸메이트는 어딜 갔는지 없었다. 뜨거운 물로 샤워하고 바삭하게 다림질된 이불 속으로 들어갔다. 방금 사 온 미안막까지 얼굴에 붙이고 텔레비전을 켜니 CNN 뉴스가 나왔다. 나는 이불을 목까지 덮고 호텔 천장을 올려다봤다. 내가 지금 평양 땅으로 와서 평양 호텔에 누워 있다니, 새삼 호주 여권이 고마워졌다. 방 온도가 조금 높은 것 같아 베란다로 가서 문을 살짝 열었다. 잠옷에 카디건 하나 걸쳤는데 견딜 만했다. 밖은 쥐 죽은 듯 조용했고, 평양의 밤바람이 솔솔 불어왔다. 북한은 어떤 나라일까? 북한 사람들은 무슨 생각을 하고, 어떤 삶을 살아가고 있을까?

서산호텔은 평양에서도 고급 호텔에 속한다

70년 동안 못 본 사이 우리는 얼마나 많이 달라졌을까? 한없이 감상적인 밤이었다. 만약 한국 사람들에게도 평양 여행이 허락된다면 생각보다 빨리 통일이 될지도 모르겠다는 생각이 들었다.

'여기 사람들, 강냉이죽만 먹고 살지 않더라고요.'

내일은 내가 가장 기대하는 개성에 간다. 나는 5년 전, 한국에서 공동경비구역을 방문한 적이 있다. 분단된 조국을 바라보며 여러 감정이 들었고, 굉장히 뜻깊은 경험이었다. 그때는 우리나라 쪽을 응시하는 북한 군인을 보며 저곳에는 어떤 사람들이 살고 있을까 궁금했었다. 이제 곧 북한에서 남한을 바라보게 될 것이다. 북쪽에서 보는 남쪽은 또 어떤 느낌일까? 기분이 묘했다. 내일을 위해 얼른 자기로 했다.

3장

통일을 부르는, 개성으로

눈을 떠 보니 새벽이었다. 잠은 그럭저럭 잤는데도 피곤이 풀리지 않은 듯했다. 조식 시간에 맞추어 2층 식당으로 내려갔다. 밥 냄새가 어찌나 진동하는지 눈 감고도 찾아갈 수 있을 것만 같았다. 식당은 중국인 관광객, 바삐 움직이는 종업원들로 붐비고 있었다. 어제 저녁을 너무 늦게 먹어서 입맛은 없었지만 구경하고 싶어서 천천히 둘러보았다. 조식은 김치, 국, 나물 등 각종 반찬이 가득 준비된 한식 뷔페였다. 나에게는 아니지만, 유럽인들에게는 토스트와 잼을 먹을 건지 물어보는 것 같았다.

둘째 날은 개성 판문점에 갔다가 고려박물관을 구경한 후 사리원에 들르고 다시 평양으로 돌아오는 일정이었다. 개성은 고려의 수도였다는 사실로도 알려져 있지만, 무엇보다 한반도 비무장 지대, DMZ가 있는 곳으로 유명하다. DMZ는

Demilitarized zone의 약자로 남한과 북한 영토에 군사 분계선을 중심으로 각각 2km씩 펼쳐져 있는 비무장, 비전투 지역을 일컫는다. 판문점 방문은 내가 이번 북한 여행을 계획하게 된 이유 중 하나이다.

초등학생 때 통일 전망대로 견학을 하러 간 적이 있다. 저 멀리에 있는 북한이 어찌나 궁금하던지 설치된 쌍안경에 몇백 원을 넣고 친구들과 돌려 보다가 북한 땅에서 리어카를 끌고 가는 사람을 발견했었다. 그를 부르면 금방이라도 대답할 것 같아 손을 흔들며 고래고래 소리를 지르다가 선생님께 등짝을 맞고는 분해서 눈물을 삼켰었다.

성인이 되어 한국에 돌아와서 가장 먼저 한 일은 DMZ와 공동경비구역(Joint Security Area) 방문이었다. 공동경비구역(이하 JSA)은 말 그대로 남북한이 공동으로 경비하는 구역인데, 남북 휴전선 위에 세워진 군사 정전 회의실 주변을 그렇게 부른다고 한다. 한국인은 JSA 방문이 쉽지 않기 때문에 호주 여권이 꼭 필요했다. 그때도 얼마나 긴장했는지 모른다.

JSA 방문 시에도 당연히 엄격한 규칙을 따라야 했다. 특히 남북한 중간에 위치한 회의실에서는 더욱더 그랬다. 정전 회의실에는 앞뒤로 문이 하나씩 있는데 한쪽은 남한으로 통하는 문이고 다른 한쪽은 북한으로 통하는 문이다. 문을 열고 한 발짝만 나가면 북한 땅이기 때문에 행동 하나하나를 더욱 조심해야 했던 기억이 있다.

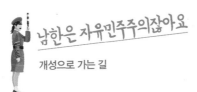

남한은 자유민주주의잖아요

개성으로 가는 길

개성은 북한의 황해북도 남쪽 끝에 있는 도시다. 남한에선 북쪽인데 북한에선 남쪽이라는 점이 재밌게 느껴졌다. 평양에서 개성까지는 2시간이 조금 넘게 걸렸다. 가는 길에 '조국통일3대헌장기념탑'을 보러 잠깐 내렸다. 이 기념탑은 한복 차림의 두 여인이 3대 헌장이 새겨진 한반도 지도를 마주 들고 있는 모습인데, 두 여인은 각각 남과 북을 의미한다. 3대 헌장은 김일성 주석의 통일 유훈을 가리키는 것으로, 그중 하나인 통일 3대 원칙은 우리도 잘 아는 7·4 남북공동성명에서 천명된 자주, 평화 통일, 민족 대단결을 말한다. 통일은 자주적이고 평화적인 방법으로, 사상과 이념을 초월해 민족적 화합을 이룰 수 있는 방향으로 이루어져야 한다는 내용이다. 평일 오전이라 관광지 주변에는 우리 팀 외엔 아무도 없었다.

"미스 정, 사진 찍어 줄 테니까 탑 앞으로 가서 서십시오."

'조국통일3대헌장기념탑'에 담긴 통일의 의미는 한국에도 해당되지 않을까 했다.

가이드가 사진기를 달라는 시늉을 하며 말했다. 굳이 찍고 싶
지는 않았지만, 그가 가리키는 방향으로 걸어가 다시 두 손을
공손히 모아 포즈를 취했다. 15분 정도 짧게 둘러본 후 버스에
다시 탔다. 역시나 내 옆엔 현지 가이드가 앉았다. 2차 인터뷰
시간이라도 온 것 같았다. 북한에서는 가이드를 안내원 동지
라고 부르는데, 나는 동지라는 단어가 어색해서 그를 매니저
님이라고 부르기로 했다.

"미스 정, 오스트레일리아 유학은 어떻게 갔습네까?
참고로 북한에서는 호주가 아닌 오스트레일리아라고 해야 알
아듣는다. 나는 그냥 최대한 간단하게 대답하기로 마음먹었다.

"오스트레일리아에 있는 학교에 입학하면 그 나라에서 학생
비자를 주거든요. 그 비자로 입국하는 거죠."

"남조선 학생들은 다른 나라로 공부하러 많이 다닙네까?"

"네, 그런 편이에요. 유학이 아니더라도 워킹홀리데이라는 비자도 있고요."

매니저는 워킹홀리데이가 무슨 말인지 못 알아들은 눈치였지만 그렇다고 물어보지도 않았고, 나도 더 설명하지 않았다.

"미스 정처럼 유학하고 다른 나라 국적으로 한국에 돌아와도 별문제는 없습네까?"

"문제요? 문제 되는 건 전혀 없어요. 대한민국은 자유민주주의 국가잖아요."

나는 이렇게 말하고 또 아뿔싸 싶었다. 사회주의 국가에서 자유민주주의 타령을 하다니. 내 말이 끝나자 매니저는 헛헛한 웃음을 지어 보였다.

개성으로 가는 내내 또 한 명의 현지 가이드인 젊은 남자 가이드가 버스 앞쪽에 서서 이런저런 설명을 이어갔다. 나보다 서너 살쯤 어려 보이는 이 가이드는 오늘 아침 호텔 로비에서 나와 눈이 마주치자 다가와서는 "누나."라고 불렀다. 본인도 어색했는지 쑥스러워하는 모습이 귀여워 나도 덩달아 같이 웃었다. 그는 개성과 DMZ, 심지어 고려의 역사까지 재미있게 설명해 주었다. 그런데 나한테만 흥미로운 내용이었던 걸까? 이른 아침부터 시작된 역사 수업 덕분에 버스 안은 거의 숙면 모드였다. 나는 수업이든 풍경이든 하나도 놓치고 싶지 않아 귀를 열어 두고 창밖도 열심히 보았다.

물론 판문점 방문 시 지켜야 할 주의 사항도 들었다. 가장 강조한 규칙은 군인 사진을 절대 찍지 말아야 한다는 것이다. 개성은 체크포인트(검문소)가 많고, 그곳을 지날 때마다 가이드가 손으로 신호를 준다. 사진을 찍지 말라는 뜻이다. 어떤 곳에서는 군인이 잠시 버스에 타기도 했다. 군인 사진을 몰래 찍으면 어떻게 되냐고? 운 좋으면 카메라 압수, 운 나쁘면 여행 전체가 취소된다. 최악의 경우 여행객의 잘못으로 현지 가이드가 큰 피해를 볼 수도 있다. 북한에서의 규칙은 곧 법이다. 가이드는 DMZ 역사에 관해 설명하면서 통일에 대한 내용도 덧붙였다. 남북은 한 민족이니 통일을 염원하고 있다며 나를 보고 말하는데 그 표정은 분명 나만 이해할 수 있는, 한마디 말로는 표현할 수 없는 어떤 복잡한 감정이었다. 말이 아닌 눈빛으로도 의사소통할 수 있다는 걸 이번 여행을 통해 확실히 느꼈다.

우리는 하나

개성의 휴게소

한 시간 정도 이동하다가 첫 번째 휴게소에 내렸다. 우리나라의 휴게소 규모는 아니고, 화장실 외에 커피나 스낵을 파는 가판대가 몇 개 있었다. 평양을 떠나 개성 사람들을 보니 또 다른(?) 북한 사람을 보게 된 것 같아 설레었다.

내가 본 평양 사람들은 대체로 좋은 옷을 입고 있었다. 물론 허름한 옷차림에 금방 부서질 것 같은 낡은 달구지를 끌고 다니는 사람도 있었지만 말이다. 반면 길 가다 본 개성 사람들은 마치 오래된 사진첩 속 주인공들이 튀어나와 잠시 머무르는 것처럼 느껴졌다. 우리나라의 수십 년 전 풍경을 보는 느낌이 들어 친근하기도 했다. 누군가는 촌스럽다거나 낙후되었다고 표현할 수도 있겠지만, 나에게는 정감 가는 복고 감성으로 다가왔다.

휴게소를 둘러보는데 고등학생쯤으로 보이는 여자아이가 나

관광객들이 가판대를 구경하고 있다.

무판으로 대강 세운 가판대 위에 사탕 봉지 몇 개를 올려 놓고 판매하고 있었다. 그 모습이 신기해 사진을 찍었는데 놀랐는지 손으로 X자를 만들고 "No, No." 하며 펄쩍 뛰었다. 생각지도 못한 반응에 나도 놀라서 그녀에게 다가가 사진을 지우고 확인까지 시켜 줬다. "사진 지웠어요. 미안합니다."라고 사과했더니 멍하니 나를 쳐다봤다. 날 보는 북한 사람들의 흔한 표정이었다.

"이 사탕은 무슨 맛인가요?"

미안한 마음에 뭐라도 사려고 사탕 봉지를 가리키며 물었다. 내 한국말이 좀 놀라운지 머뭇거리다가 살짝 웃어 보이며 대답했다.

"땅콩 사탕입니다. 아주 맛이 좋습네다."

"이 옆의 건 무슨 맛인가요?"

"아, 고건 인삼 맛 사탕입네다. 그것도 건강에 좋고 맛이 아주 좋습네다."

"북조선 사람들이 즐겨 먹는 사탕은 어떤 건가요?"

"다 맛있지만 이 땅콩 사탕이 아주 맛있습네다."

사탕 두 개를 번갈아 보다가 하나를 집으며 추천해 주었다. 아마도 내가 남조선에서 왔다는 걸 눈치챘는지 말하는 내내 밝게 대답해 주었다. 옆 가판대에는 이곳 풍경과 어울리지 않는 새로운 식품이 보였다.

'내가 지금 보고 있는 게 혹시 시리얼인가?'

북한에도 시리얼이 있을 줄이야. 이름도 복고풍의 '강냉이 고리튀기'였다. 딱 봐도 강냉이 가루를 써서 고리 모양을 낸 것 같았다. 옆에 있던 팀원 중 한 명이 "제이, 마지막 날 쇼핑몰 가서 쇼핑한다는데 여기서 너무 많이 사지 마요. 훨씬 비싸게 팔 거야."라고 속삭이듯 말했다.

다른 팀원들은 내가 북한 사람들, 그것도 평양이 아닌 다른 지역의 일반 주민과 대화를 하고 있다는 게 얼마나 설레는 일인지, 반공 교육을 받은 부모 밑에서 자란 한국 사람이 이렇게 북한으로 여행 와서 이들이 살아가는 모습을 직접 볼 수 있는 게 얼마나 어려운 일인지 알 수 없을 거란 생각이 들었다. 나는 결국 강냉이 시리얼과 함께 'See you again in Pyongyang' 글귀가 써 있는 천 가방도 하나 샀다. '평양에서 다시 만나자'는 문구는 그 어떤 말보다 와 닿았다.

버스로 한 시간쯤 더 달렸을까? 두 번째 휴게소에

2018 남북정상회담 기념우표

내리니 아까와는 달리 노점상 하나 없이 아주 조용했다. 대신 우표 판매점이 하나 있었는데 이곳에서 우표와 엽서를 구입해서 내용을 작성하면, 판매원들이 각국으로 부쳐 준다고 했다. 아주 특별한 경험이 될 것 같았다. 팀원들이 너도 나도 보내겠다고 분주할 때 나는 조용히 우표만 만지고 있었는데 매니저가 다가왔다. "남조선으로는 못 부치니까 좀 섭섭하십네까?"라고 말하더니 곧바로 판매원에게 "여기 남조선에서 오신 분입네다. 뭐 좀 특별한 우표 없습네까?" 하고 물어봐 주었다. 점원은 잠깐 동안 생각하더니 "아, 남조선에서 대통령이 오셨을 때 나온 기념우표가 하나 들어왔습네다." 하며 A4용지 크기의 우표 전지를 꺼냈다. 아직 매장에 진열하지 않은 우표인 것 같았다.

파란 표지의 우표를 펼치니 '제3차 북남수뇌상봉과 회담이 주체 107(2018)년 4월 27일 판문점(평화의 집)에서 진행되었으며 조선반도의 평화와 번영, 통일을 위한 판문점 선언이 채택되었다.'라는 글귀가 보였다. 기념 식수와 표지석 그리고 회담을 기념하는 한반도 지도 모양의 우표도 있었다. 마지막 면에는 〈우리는 하나〉라는 노래의 악보도 실려 있었다.

'하나 민족도 하나, 하나 핏줄도 하나, 하나 이 땅도 하나, 둘이 되면 못 살 하나. 긴긴 세월 눈물로 아픈 상처 씻으며 통일의 환희가 파도쳐 설레네. 하나 우리는 하나, 혈육의 정 뜨거운 하나'

가사만 읽어 보아도 분단이라는 가슴 아픈 역사와 함께 통일의 염원이 느껴졌다.

남과 북이 만났다, 오늘만 잠시 통일

북한 판문점

판문점에 도착하기 전 마지막 체크포인트에 버스가 멈췄다. 여기서는 벽에 붙은 포스터 외에는 어떠한 사진도 찍을 수 없었다. 다른 팀원들은 쉽게 이해할 수 없을 이 포스터와 문구들이 나는 신기하고 재밌었다. 북한에서는 어딜 가든 사회주의 정신을 담은 빨간 글씨의 구호들을 쉽게 볼 수 있다. 평양에선 주로 지도자 찬양을 담은 구호, 이렇게 판문점 근처에서는 통일 염원을 담은 구호가 곳곳에 보였다. 마치 우리나라 선거 기간에 여기저기 붙어 있는 공약들처럼 말이다.

다시 버스로 조금 더 가서야 판문점에 도착했다. 군인도 많았지만 관광객이 매우 많았다. 얼핏 보아도 100명이 훨씬 넘는 것 같았다. 판문점 안으로 들어오니 사진 찍는 게 가능해졌다. 물론 여전히 군인을 찍을 순 없었다. 우리 팀 전원이 판문점 입구에 모이자 한 명의 군인이 이쪽으로 오는 게 보였다. 그리고

얼굴을 볼 수 있을 만큼 가까이 다가왔을 때 나와 눈이 마주쳤다. 옆에 서 있던 가이드에게 뭐라고 말하는 것 같았다.

"유로프(유럽) 사람들만 오신 줄 알았는데 다르게 생긴 사람
도 보입네다."

북한 군인의 첫마디였다. 그는 맨 앞줄에 있던 호주인, 중국인 커플을 가리키며 어디서 왔는지 물었다. 그리곤 바로 내 쪽을 쳐다보길래 "조선 사람입니다."라고 크게 말했다. 그랬더니 상상치도 못한 반응이 나왔다.

"아, 기립니까? 하하하, 우리 동포 아닙네까? 어서 오십시
오. 잘 오셨습니다. 만나서 반갑습네다."

정전협정조인장 기념비

모든 관광객의 시선이 나에게 쏠렸다. 그가 "악수나 한번 합시다!"라고 하길래 얼떨결에 손을 내밀었다. 이래서 피는 진하다고 하는구나 싶었다. 악수 한 번에 감동 받아서 얼마나 울컥했는지 모른다. 이렇게 환대해 주는데 여기까지 오는 걸 그렇게 두려워했다니. 지금 이 순간이 믿기지 않았다.

먼저 들른 전시실 밖에 있던 정전협정조인장 기념비에는 이렇게 쓰여 있었다. '1950년 6월 25일 조선에서 침략 전쟁을 도발한 미 제국주의자들은 영웅적 조선 인민 앞에 무릎을 꿇고 이곳에서 1953년 7월 27일 정전 협정에 조인하였다.' 군인을

정전 협정 내용 기록물

정전 협정 당시 바로 이 테이블에서
각 나라의 지도자들이 협정서에 서명했다.

따라 바로 정전 협정서가 있는 전시실로 들어갔다. 이곳에는
남북한 정전 협정 서약서 원본이 보존되어 있었다.

정전 협정 전시실을 지나 마침내 진짜 원하던 목적지, 판문점
에 왔다. 5년 전 남측 JSA에 방문했을 때 북한 군인이 서 있던
바로 그 자리에 왔다. 그리고 남한을 바라보았다. 이곳에 오면
많은 생각이 들 줄 알았는데 막상 이렇게 보고 있자니 할 말이
떠오르지 않았다.

"이렇게 남조선을 보니까 기분이 어떠십네까?"

우리 팀과 함께 다니는 군인이 남한 판문점을 보고 있는 내게
말을 건네 왔다.

"가깝네요. 느긋하게 걸어도 2분이면 저 건물 입구까지 갈

북한에서 바라본 판문점

수 있겠어요."

"네, 가깝습네다. 저기 저 나무
보이십네까?"

기념 식수를 배경으로 북한 군인과 함께

그가 가리킨 건 문재인 대통령과
김정은 위원장이 함께 심은 나무
였다. 그 나무가 보이는 곳에서
북한 군인과 한국 방향을 바라
보고 있자니 기분이 묘했다. 장
소가 장소인 만큼, 기념으로 함
께 사진도 찍었다. 둘이 손을 잡고 있으니까 주변 관광객들이
우리 사진을 찍기 시작했다. 오늘만큼은 잠깐이나마 남북한이
통일한 느낌이었다. 걸어서 5분 거리를 7시간이 넘는 시간을
들여 돌아왔지만, 결국엔 이렇게 한 장소에 서 있을 수 있다는
사실이 좋았다.

북한 판문각 안은 밖에서 보는 것과 달리 회색빛이 살짝 도는
고급스러운 대리석으로 꾸며져 있었고 앉아서 쉴 수 있는 가
죽 소파와 테이블도 있었다. 함께 사진을 찍은 군인과 이런저
런 이야기를 나누었다. 여행은 어떤지, 음식은 입에 맞는지, 나
이와 직업은 어떻게 되는지 등 그는 여러 가지를 물어 왔다. 북
한 사람들도 상대방이 무슨 일을 하는지가 가장 궁금한 것 같
았다. 곧 남조선으로 돌아가냐고 묻길래, 그렇다고 했더니 그

가 이렇게 말했다.

"통일되면 꼭 다시 만납시다. 제 이름은 ○○○입니다. 저를 잊지 마십시오."

왠지 감동적인 말이었다.

DMZ 투어는 한 시간도 걸리지 않았다. 투어가 끝난 후에는 어김없이 기념품점에 들렀는데, 관광객이 어찌나 많은지 상점 안이 시끌벅적했다. 나도 둘러보다가 개성 고려 인삼차가 있길래 30개입 두 박스를 구입했는데, 나중에 알고 보니 바가지 요금이었다. 10유로면 살 수 있는 인삼차 한 박스를 30유로(약 4만 원) 주고 샀으니 말이다. 바가지에는 동포고 뭐고 없었던 거다. 생각할수록 열이 받아서 버스 타고 이동하는 내내 젊은 가이드에게 내가 지금 얼마나 분한지를 말했다. 처음에는 안쓰러운 표정으로 좀 들어 주는가 싶더니 나중엔 이렇게 말했다.

"몸에 좋은 건데 더 좋은 거 샀다고 생각하십시오. 고려 인삼 유명하지 않습네까. 비싸게 주고 사면 효과도 더 좋습네다. 거, 외국인들 돈도 많이 벌면서 뭐 그리 비싸다고 그럽네까?"

웃으면서 이렇게 말하는데 더 불평할 수도 없었고 완전히 김이 빠져 버렸다. '그래 이제 그만 하자. 인삼차 먹고 건강해지면 되지 뭐'라고 생각하며 스스로를 위안했다.

왕이 먹던 음식

개성의 식당

판문점 일정을 마치니 어느덧 점심시간이었다. 나는 여행 내내 식사 시간이 항상 기대됐다. 북한 땅에서 자란 건강한 재료를 정성스럽게 다듬어 그릇에 담아낸 요리를 먹는 일이란 보통 설레는 일이 아니었다. 음식에는 그 나라 사람들의 역사가 있다고들 한다. 그러한 음식을 즐기지 않으면서 그 나라를 안다고 할 수 있을까?

오늘 점심은 시내에 가서 특별한 식사를 한다고 들었다. 개성 시내에는 높은 건물은 없었지만, 사람들은 평양만큼이나 바빠 보였다. 도로에 차가 제법 많아서 버스가 천천히 달렸기 때문에, 지나가는 주민과 눈이 마주치기도 했다. 간혹 손을 흔들어 주는 아이들도 있어서 우리도 반갑다고 손 흔들며 인사를 했다. 이제야 좀 사람 냄새가 나는 것 같았다.

식당에 거의 다 왔을 때, 가이드가 마이크를 잡더니 "개고기

탕 먹을 사람 손 드세요. 5유로씩이고 미리 주문해야 해요." 하고 말했다. 아니 잠깐, 아까 말했던 특식이라는 게 설마 개고기탕? 북한에서도 개고기를 즐겨 먹는다는데 그래서 길거리에 개가 안 보였던 건가? 이제 와서 생각해 보니 떠돌이 개나 고양이를 볼 법한데 단 한 마리도 보지 못했다. 나는 여권 지갑에 구겨 넣었던 일정표를 다시 확인했다. 개성에서의 식사 부분에 '왕이 먹던 음식(수라)'이라고 쓰여 있었다. 이 말을 믿어야 하나 말아야 하나 싶었을 때 식당 앞에 도착했다.

건물은 '고려 인삼 전문 판매'라는 이름이었는데 1층은 인삼으로 만든 차, 절편, 양갱, 스넥류 등을 파는 가게였고 2층이 식당이었다. 팀원들은 먼저 가게를 구경하러 갔지만 난 바로 식

우리를 반갑게 맞이해 준 종업원 동무

당으로 올라갔다. 더는 인삼 차의 가격표를 확인할 용기가 나지 않았다.

한복을 곱게 차려입은 종업원이 반갑게 맞아 주었는데 테이블 위를 보고 놀라지 않을 수 없었다. 보기만 해도 군침이 도는 12가지 반찬이 방짜 유기(놋그릇)에 곱게 담겨 있었기 때문이다. 방짜 유기에 반찬을 보관하면 오래 두고 먹을 수 있다는 말을 어디선가 들은 적이 있다.

식사를 시작하자 숟가락과 젓가락에서 느껴지는 무게감에 마치 정말 왕이라도 된 듯한 기분이 들었다. 내 옆에 채식주의자가 앉았는데 현재까진 음식에 큰 불만이 없는 듯 야무지게 김에 밥을 싸 먹는 모습을 보니 내가 더 뿌듯했다. 북한 여행에서는 채식주의자를 위한 식사도 따로 준비되었다. 주 메뉴는 두부, 버섯, 가지 등의 야채 요리였다. 반찬으로 나온 묵무침, 감자조림, 구운 감자, 멸치볶음 등은 모두 남한의 맛과 비슷했다. 특히 감자가 부드럽고 달달했는데, 아주 훌륭한 맛이었다. 조미료나 진한 양념을 거의 쓰지 않아 싱거운 듯하지만 오래 씹

으면 씹을수록 단맛이 나서 특이했다. 설탕을 넣은 게 아니라
무, 연근, 나물 자체에서 나는 천연 단맛 같았다. 평양소주도
한 잔씩 나왔다. 난 원래 소주를 먹지 않지만 오늘만큼은 맛보
고 싶어서 술잔에 가득 담긴 소주를 원샷했다.

'세상에, 병원 소독약 맛이야.'

서둘러 입에 깍두기를 넣었다. 너무 독했다. 25도이니 한국 진
로소주만큼 강한 것 같았다. 곧이어 쌀밥과 맑은 고깃국이 나
왔는데 국은 제사 때 올라가는 국과 맛이 비슷했다. 개고기탕

을 시킨 사람들은 탕만 따로 받았는데, 매콤한 소고기 해장국 이라도 해도 믿을 만한 비주얼이었다. 맛이 어떤지 옆 사람에 게 물어보니 맛있다며 엄지를 척 내밀었다. 물론 나는 개고기 를 먹지 않지만 그렇다고 먹는 사람을 비난할 생각도 별로 없 었다.

무엇보다 반찬 중에서 내 입맛을 확 사로잡은 건 바로 '김'이었다. 한국 김과는 약간 다르다. 처음에는 너무 두꺼워서 마치 김부각을 먹는 느 낌이었지만 먹으면 먹을수록 중독되는 그 맛은 정말 감동이 었다. 북쪽 김이 훨씬 두껍고 바삭 짭짤하게 소금 간이 되어 있 었고, 들기름 맛 또한 강했다. 외국인들이 한국에 오면 김을 사 간다는데, 그런 나라에 사는 내가 오죽했으면 북한에서 김을 샀을까?

식사를 마치고 밖으로 나가 시원한 공기를 쐬었다. 북한 여행 은 다른 나라 패키지 여행보다 더 엄청난 스케줄을 소화해야 한다. 밥 먹고 잠깐 산책이 가능한 것도 아니고 개인에게 자유 시간이 주어지는 것도 아니다. 눈앞에 가게가 보인다고 마음 대로 들어갈 수도, 맛집을 찾아다니며 여유 있게 식도락을 즐 길 수도 없다. 모든 스케줄은 빡빡하게 짜인 대로 간다. 덕분에 이동할 때의 버스 안은 언제나 조용하다.

북한 주민들의 '핫플'이 있다면?

고려박물관과 사리원

식사 후에는 개성시 고려박물관으로 갔다. 고려 시대 유물이 약 1천여 점이 전시되어 있다는데 생각보다 규모는 크지 않았다. 박물관이지만 마치 종로에 있는 운현궁에 들어와 있는 기분도 들었다. 박물관을 둘러보는 데는 오랜 시간이 걸리지 않았다. 사진 몇 장 찍고 밖으로 나오니까 알록달록 예쁜 한복을 입은 신부와 신랑이 웨딩 촬영을 하고 있었다. 넓은 정원과 고풍스러운 한옥집 배경 때문에 인기 촬영 장소라고 들었다.

이제 다음 정차역은 남한에선 불고기 식당으로 더 유명한 사리원. 경치가 좋은 건 물론이고 볼거리가 많다고 해서 기대했던 장소. 한국의 경주 정도로 생각하면 될 것 같다. 버스가 천천히 동네 입구로 들어서자 어두운 남색 교복을 입고 목에 빨간 스카프를 두른 아이들이 밝게 웃으며 우리에게 손을 흔

고즈넉한 고려박물관 전경

들어 보였다. 하교 시간인 것 같았다. 곧 사리원의 풍경을 보자
마자 '바로 여기야!' 하고 속으로 짧고 탄성을 질렀다. 버스에
서 내린 뒤 나는 다시 할머니의 오래된 사진첩 속으로 들어간
느낌을 받았다. 나는 어렸을 적에 흑백 사진들을 보며 이런 생
각을 했었다.

'옛날 사람들은 이렇게 어두운 데서 어떻게 살았을까? 옷도
어둡고 집도 어두운데.'

그 흑백 사진은 이제 색을 입은 채 내 앞에 펼쳐져 있었다. 파
란 겨울 하늘에 어두운 베이지 톤의 잠바를 입고 걸어가는 아
저씨들, 단정하게 머리를 옆으로 빗어 넘겨 검정 실핀을 꽂은

핫플레이스답게 사람이 많았다.　　　　　　　　　　　민속 놀이터 내부의 결혼 상차림

여학생도 보였나. 덜덜덜 소리를 내며 지나가는 작은 경운기 뒤에는 짚단이 잔뜩 쌓여 있었고 그 위에는 12살쯤 되어 보이는 남자아이가 올라타 있었다. 촌스럽게 그을린 얼굴색에 바짝 깎은 머리. 어두운 색깔의 수수한 잠바를 입고 하얀 치아를 보이며 웃는 걸 보고 우리 삼촌의 어렸을 적 모습이 떠올랐다. 이 모든 장면을 보고 있다는 게 그저 가슴 벅찼다.

사리원 시내에는 멋스러운 자연 풍경으로 유명한 북한의 명승지, 경암산이 우뚝 서 있다. 이 산기슭에 자리 잡은 경암호 주변에는 옛것을 예쁘게 보존하고 있는 민속 거리가 있는데. 그중에서도 '민속 놀이터'는 북한 주민들이 자주 찾는 핫플레이스라고 한다. 민속 놀이터로 들어가 보니 광개토대왕릉비, 첨성대 모형 등을 비롯해 우리나라의 역사를 시대별로 나열한

민속 놀이터의 막걸리. 바가지로 떠서 준다.

모자이크 벽화가 쭉 이어져 있었다. 이곳은 예술 공연 등 다양
한 행사뿐만 아니라 결혼식 장소로도 사용된다고 들었다. 그
래서인지 옛날 전통 결혼 상차림 모형도 설치되어 있었다.

또한 민속 놀이터 안에는 직접 막걸리를 만들어 파는 노부부
가 있었다. 이곳에서만 오랫동안 막걸리를 만들었다는데, 나
는 이 아름다운 작품을 영접하기 위해 5위안을 꺼내 들고 경건
한 마음으로 줄을 섰다. 그때 갑자기 가이드가 "미스 정, 이리
로." 하며 내 팔을 잡고 할아버지에게 데려갔다.

　"요기 고조 남조선에서 왔습네다. 구경하러 왔다고 합네다."

　"어르신, 안녕하세요. 저는 정재연이라고 합니다. 남조선에
　서 왔습니다."

얼떨결에 나도 인사를 건넸는데 귀가 약간 어두우신지 몸을

기울이시길래 "서울에서 왔습니다." 하고 크게 말했다. 그러자 내 얼굴을 한 번 더 쳐다보더니 "아이고, 반갑소."라고 하셨다. 막걸리는 이제껏 먹어 본 막걸리 중 최고였다. 달콤 쌉쌀하니 상 펴고 앉아 육전을 한 입 베어 먹고 싶은 맛이었다. 노부부가 나를 보고 있길래 손으로 엄지를 척 들어 올리니 웃으셨다.

이 민속 놀이터는 산 위에 있기 때문에 전망대도 있었다. 숨이 차서 도저히 더는 못 올라가겠다 싶을 때 겨우 정상에 도착했다. 사리원 시내가 한눈에 보였다. 경암호를 중심으로 제법 이국적인 도시 느낌을 풍기고 있었다.

다음 관광지를 향해 가면서도 느꼈지만, 쓰레기통은커녕 쓰레기 하나 보이지 않는 거리가 정말 신기했다. 여행 내내 어느 곳을 가더라도 쓰레기가 떨어져 있는 걸 보지 못했다. 가이드에게 물어보니 시민들이 길에 쓰레기를 버리지도 않을뿐더러 당번을 정해서 아침마다 청소한다고 했다.

북한 주민은 어떤 집에서 살고 있을까

북한 가정집

북한 주민의 집을 방문할 거라곤 상상도 못 했다. 미리 받아 본 여행 스케줄에도 북한 가정집에 대한 부분은 없었기 때문이다. 설마 진짜 남의 집에 들어가는 건가 싶었다. 그런데 그 생각이 현실이 되었다.

밖에서 보기엔 남한 농촌에서도 흔히 볼 수 있는 평범한 시골 주택이었다. 대문을 열고 들어가니 마당에 채소가 한가득 있었다. 신발을 벗고 집 안으로 들어가니 바로 부엌이 보였다. 바닥에 밥 짓는 솥이 있다는 게 좀 어색했지만 주방 도구는 남한과 크게 다르지 않아 보였다. 막 저녁을 하려던 참이었는지 구수한 된장국 냄새가 풍겼다. 가이드가 집 내부를 설명하는 동안 나는 우리 옆에 조용히 두 손을 모으고 서 계시는 집주인 아주머니께 고개를 숙여 보이며 인사를 했다. 키가 큰 외국인들이 우르르 몰려 들어가니 집이 너무 작게 느껴졌다.

주방을 지나 김일성, 김정일 사진이 걸려 있는 1층 거실로 갔다. 하루에도 관광객이 몇 번이나 찾아오는지 모르겠지만 마냥 신기하지만은 않았다. 만약 우리 가족이 사는 집에 낯선 외국인 무리가 들어와 돌아다니며 사진을 찍는다면 반갑지 않았을 것이다. 안방에는 만삭인 임산부도 있어서 바로 2층으로 올라갔다. 천장은 비교적 낮았지만 침대, 전기 히터, 선풍기, 정수기까지 있을 건 다 있었다. 그렇게 잠깐이나마 집을 구경하고 나왔다. 남의 가정집을 둘러본 게 마음에 조금 걸리기도 했지만, 북한 주민이 어떻게 사는지 볼 수 있었다는 점에서는 만족스러웠다. 집 밖으로 나와 보니 어느덧 해가 저물고 있었고, 저 멀리 보이는 노을은 어느 때보다 예뻤다.

북한의 가정집, 마당에는 텃밭과 우물이 있었다.

김일성, 김정일 사진이 걸려 있는 1층 거실

생활 제품이 많았던 2층   밥 짓는 냄새가 나던 주방

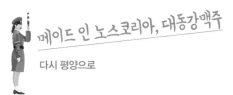

메이드 인 노스코리아, 대동강맥주
다시 평양으로

평양으로 돌아가는 버스 안, 졸리고 피곤해서 간만에 좀 쉬려
는데 가이드가 마이크를 잡고 노래를 부르기 시작했다. 매니
저님을 포함한 가이드 세 명은 약속이나 한 듯 '아리랑'과 남한
에서도 잘 알려진 '휘파람'을 불렀는데 이게 중독성이 얼마나
강한 노래인지 한동안 머릿속에 맴돌았다. 이어서 팀원들의
노래 몇 곡이 더 이어졌다.

평양에 도착했을 때는 이미 어두워진 후였다. 저녁 메뉴는 오
리 바비큐였다. 식당에 들어서니 북한 주민들이 식사하는 모
습이 보였다. 현지인들과 같은 식당에서 식사하는 것은 처음
이었는데, 역시 평양 시민들답게 외국인이 들어서도 누구 하
나 눈길을 주지 않았다.

대동강맥주가 테이블 위에 두 병씩 올려져 있었다. 북한 맥주
가 맛있다는 말은 베이징에서도 수없이 들었지만 내심 맛있

평양 맛집이라는 '평양 오리고기 전문 식당'

으면 얼마나 맛있을까 싶었다. 나는 다소 건방진 자세로 생각 없이 한 입 마셨다가, 곧바로 심 봉사 눈 뜨듯 눈이 번쩍 뜨였다. 쌉쌀하게 톡 쏘다 부드럽게 넘어가는 이 맛! 정말 최고였다. 평양소주도 함께 나와서 소맥을 말아 먹으니 이게 또 별미였다. 맥주를 추가할 때는 병당 1유로(약 1,300원)를 따로 내

오리고기와 조합이 좋았던 소주와 대동강맥주

야 한다. 북한 맥주인 걸 모르고 마셨다면 아마 칭다오나 하이네켄이라고 말했을지도 모른다. 금강맥주, 봉학맥주 등 종류도 많았지만 나는 대동강맥주가 가장 맛있었다. 대동강맥주는 흑맥주를 포함, 맥아와 백미의 비율에 따라 7가지 종류로 나뉘는데 이번 여행에서는 소비자의 평이 제일 좋다는 2번만 먹을 수 있었다.

저녁을 먹고 호텔로 가는 줄 알았는데 영화를 보러 간다고 했다. 이 또한 공식 스케줄에는 없었지만 영화 보러 가고 싶은 사람 있냐는 가이드의 질문에 모두 손을 번쩍 들었다. 추가 금액은 5유로(약 6,500원)이었다. 나는 이런 예상치 못한 경험들이 반가웠다. 가능만 하다면 놀이공원도 가 보고 싶고 대동강에서 유람선도 타 보고 싶고 동해안까지 올라가 원산에서 조개구이도 해 먹고 싶고, 돈을 더 주고서라도 장마당 구경도 가 보고 싶은 마음이었다.

우리도 영화 볼 때 팝콘 먹습네다

평양 영화관

영화관에 도착해서야 식당에 핸드폰을 놓고 온 걸 알았다. 가이드의 도움으로 다행히 영화가 끝난 후 받을 수 있었다. 북한에서는 관광객이 소지품을 도둑맞는 일은 거의 없다고 한다. 서울 역시 물건이 도난당하지 않는 몇 안 되는 나라로 유명하다. 왠지 이런 면에서도 남북이 비슷한 것 같았다.

이제 막 오픈을 했는지 실내 공기는 아직 차가웠다. 팝팝거리며 팝콘이 튀겨지는 걸 보고 가까이 가서 구경했다. 팝콘이 신기한 게 아니라 팝콘이 있다는 사실 때문에 보았다. 바에서는 대동강 생맥주를 팔고 있었다. 아까 식당에서 먹은 것도 모자랐는지 남자 팀원들이 줄을 서서 맥주를 받고 있었다. 가이드가 내게 와서 물었다.

"팝콘 드실 겁네까?"

"아뇨. 배가 불러서 팝콘 들어갈 자리가 없어요. 여기도 팝콘

영화관 안에 있는 스낵바

이 있네요?"

"우리도 영화 볼 때 팝콘 먹습네다."

그가 웃으며 대답했다. 이렇게 큰 영화관이라면 당연히 팝콘이 있을 텐데, 나도 모르게 없을 거라고 단정 지은 게 부끄러웠다. 영화관 내부로 들어가니 상당히 넓었다. 우리가 관람한 영화 제목은 〈김 동무는 하늘을 난다〉였는데 한국의 70~80년대 영화를 보는 듯했다. 탄광촌에서 태어나 자란 소녀가 국가를 대표하는 서커스 단원이 되는 이야기였고 결말은 역시 해피엔딩이었다. 꿈을 이뤄 가는 과정에서 많은 이들의 아낌없는 도움을 받기도 하는데 비현실적인 면도 있었다. 외국인 관광객을 위한 영어 자막이 나와서 다행이었다. 북한 특유의 억양과 낯선 단어, 표현들 때문에 나도 자막이 없었다면 영화를 완전히 이해하기 어려웠을 것이다. 난 나름 재미있게 잘 봤는데 영화가 끝나고 보니 코 골며 자는 팀원도 몇 있었다.

참고로 영화에서도 언급된 부분이지만, 평양은 평양 주민이 아니고서는 평양에 들어오기가 쉽지 않다고 한다. 한국에 돌아와 알게 된 친구 말에 의하면(그는 탈북해서 한국에 정착한 지

10년이 지났다.) 평양에 방문할 때는 '평양 통행증' 같은 걸 미리 신청하고 받아야 하는데 평양에 친척이 살고 있거나 그곳으로 직장이 배정되지 않는 한 평양 방문은 꿈도 꾸지 못할 일이라고 들었다. 팀원 중 한 명이 가이드에게 질문했다.

"평양이 이렇게 살기 좋은데 사람들을 쉽게 들이지 않는 이유는 뭔가요?"

"많은 사람들이 평양에 살고 싶어 하는데 만약 누구나 올 수 있다면 지방에서는 아무도 안 살려고 할 거예요. 밸런스를 맞춰야 해요."

'밸런스를 맞춘다'라. 내가 북한 사람이었다면 꼭 평양에 살 수 있는 쪽이길 바랐을 것이다.

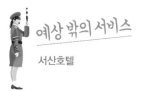

예상 밖의 서비스

서산호텔

긴 하루를 마치고 드디어 호텔로 돌아왔다. 밤 10시가 다 되어가고 있었다. 만약 북한 당국이 여행객들이 호기심에 밤늦게 호텔에서 빠져나가 이곳저곳 돌아다닐까 봐 염려한다면, 그런 걱정할 필요가 전혀 없다고 꼭 말해 주고 싶다. 이런 스케줄이라면 호텔로 들어가 발 닦을 힘도 없는데 빠져나가긴 어딜 빠져나가겠는가. 그래도 오늘만큼은 호텔 구경을 좀 하기로 했다. 4성급인 만큼 없는 것 빼고는 다 있는 호텔로 보였다.

안내판을 보니 물놀이장, 미용, 리발, 옷 수리 등 다양한 서비스가 보였는데 그중에서 내 눈을 번쩍 뜨이게 한 건 바로 '안마'였다. 마사지 마니아인 나는 혹시나 바로 예약이 가능한가 싶어 바로 찾아갔다. 문을 열고 들어가니 20대 초반쯤으로 보이는 여자 종업원이 안내 데스크에 서 있었다. 한국말로 안마 받을 수 있는지 묻는 나를 보고 역시나 놀란 표정이다. 하도 봐서 그런지 중독성 있다. 이젠 재밌을 지경이었다.

"아, 지금 됩네다."

"한 시간에 얼마예요?"

"18유롭네다."

한국 돈으로 약 23,000원. 서비스로는 그리 비싼 가격은 아니지만 북한 물가치곤 꽤 비쌌다. 누가 봐도 외국인 전용 가격이었다. 참고로 북에서는 마사지를 안마라고 한다. 종업원 동지를 따라 안마실로 들어서니 어두운 조명 아래 마사지 침대 두 개가 놓여 있었다.

머리가 아프다고 말했더니 목과 발 주변을 집중적으로 만져 주었다. 안마사는 말이 없었다. 내가 어디서 왔는지도 묻지 않았다. 한 시간은 너무 짧은 것 같아 한 시간 추가해도 되는지 살짝 물어보았다.

"저, 혹시 한 시간 더 해도 되나요?"

"한 시간이면 충분하디 않겠습네까?"

아쉽지만 다음 예약이라도 해 두는 수밖에 없었다. 예약금까지 낸 후 가벼워진 머리로 방으로 갔다. 두통이 거짓말처럼 싹 사라진 상태였다. 덕분에 아주 편안하게 잠자리에 들었다.

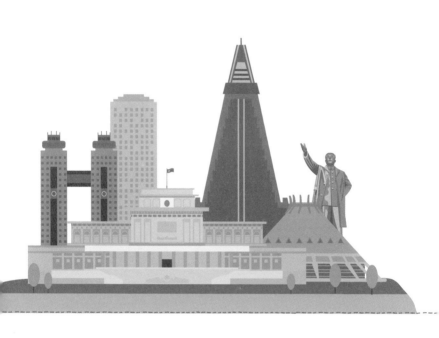

4장

북한 시민처럼 평양을 누비다

제가 지금 무엇을 본 거죠?

금수산태양궁전

이날도 역시 새벽에 눈을 떴다. 호텔에서 식수를 따로 제공해주지 않기에 청량음료점에서 미리 몇 병 사다 둘 걸 싶었다. 오늘은 전날보다 더 바쁜 하루가 될 예정이었다. 북한 사람들에게 아주 중요한 장소를 먼저 들른 뒤 평양 시내를 둘러보고 지하철을 타는 날이라고 들었다. 저녁에는 평성에서 하룻밤을 묵기 때문에 짐도 싸 놓아야 했다. '개성에서 산 기념품도 많은데 언제 다 정리하지? 지하철을 타면 북한 주민들을 더 가까이서 볼 수 있지 않을까?'라는 생각을 하며 부스럭거리니 룸메이트가 잠에서 깬 것 같았다.

내 룸메이트는 현재 교환학생으로 한국에서 지내고 있는데, 한국어를 공부 중이라 물건을 살 때 웬만하면 한국말을 하려고 애썼다. 그런데 문제는 북한 말과 남한 말이 조금 다르다는 점이다. '감사합니다'보다는 '고맙습니다'를 더 많이 써야 하고 '~십니까?', '~하겠습네다'를 자주 쓰니 알아듣기 힘든 것 같았다. 나 역시 북한에서 쓰는 단어들이 헷갈렸고, 곳곳에서 보이는 '주체사상', '인민', '자주', '불굴' 등은 뜻을 찾아봐야 하는데 오죽할까 싶었다.

나는 모닝커피라도 마시려고 식당으로 갔다. 북한은 고급 커피숍이나 관광 명소가 아니면 아메리카노를 잘 팔지 않고, 커피를 주문하면 거의 다방 커피를 준다. 혹시 몰라서 종업원에게 블랙커피를 달라고 말하니 못 알아듣는 눈치였다. 잠시 고민 후에 다시 물어보았다.

"저기, 우유 가루(우유)하고 사탕 가루(설탕) 없는 검은색 커피 있습니까?"

"아, 없습네다."

아쉽게도 내가 찾는 커피는 없었지만, 나의 북한 말이 하루가 다르게 성장하고 있는 것 같았다.

식당에서는 우리 팀 남자 전원이 넥타이에 양복을 차려입고 아침 식사를 하고 있었다. 오늘은 북한에서 가장 성스러운 곳인 '금수산태양궁전'을 방문하기로 되어 있기 때문이다. 태양궁전, 그 이름부터 압도적이다. 예전에는 주석궁이라고 불렸으며 김일성 주석의 집무실 역할을 하던 건물이라고 했다. 금수산은 태양궁전이 위치한 모란봉의 옛 이름으로, '금수'는 금수강산과 같이 '수를 놓은 비단'이란 뜻이다. 정원 규모까지 합

치면 순안국제공항보다 넓은 곳이라고 들었다.

태양궁전에 가는 내내 전에는 느끼지 못했던 긴장감이 돌았다. 가이드는 특히 더 엄격하게 주의 사항을 전달했다. 다시 말하지만 북한 여행은 여행자가 규칙을 어기면 전체 여행이 취소되거나 심한 경우 현지 가이드가 곤란한 상황에 빠질 수 있다. 북한은 정해진 스케줄에 따라 관광을 하는 곳이지 이곳저곳을 누비며 마음껏 사진 찍고 모험을 즐기는 곳이 아니다. 지나친 호기심은 오히려 해가 된다.

금수산태양궁전 방문 시 반드시 지켜야 할 규칙

1. 옷을 단정하게 입을 것(남자는 넥타이에 구두를 신고 여자는 바지나 무릎 밑으로 내려오는 스커트에 구두를 신어야 한다.)
2. 사진은 허가받은 장소에서만 찍을 것
3. 껌을 씹거나 사탕을 먹지 말 것
4. 뒷짐을 지거나 벽에 기대지 말 것
5. 무례한 표정이나, 언행을 하지 않도록 조심할 것

도착하기 전에는 가이드가 일일이 사람들의 복장을 살폈다. 내 룸메이트는 운동화를 신고 왔는데 못 들어가게 될까 봐 불안해했다.

나는 이때만 해도 이곳에서 무엇을 보게 될지 정말 상상도 못

멀리서 바라본 태양 궁전. 이름에 걸맞게 규모가 어마어마하다.

했다. 지도자들의 유품이나 동상을 본다고 짐작했을 뿐이고
그게 다일 거라고 생각했다.

어느새 버스 창문으로 거대한 건물이 보이기 시작했다. 태양
궁전은 정말 궁전과 다름없었다. 입구에 들어서자마자 군인들
이 곳곳에 서 있는 게 보였다. 베이징에서 설명을 듣고 북한에
서도 들었지만 이렇게 와 보니 궁전 자체와 군인들이 주는 중
압감은 실로 엄청났다. 안내원은 예쁜 한복을 입고 있었지만

웃음기 하나 없이 방향만 알려 주었다. 여기서부터는 한 줄에 4명씩 줄을 맞춰 천천히 걸어야 했다. 끝이 안 보이는 궁전 정원은 잔디가 깔끔하게 정돈되어 있었다. 뉴스에 나온 열병식에서 봤던 것처럼 발과 손동작을 완벽하게 맞춰 걷는 여군 무리도 보였다. 내부에도 바깥 못지않게 무장한 군인들이 여기저기 서 있었다.

먼저 로비로 들어갔다. 우리 팀뿐 아니라 다른 여행사에서 온 수많은 관광객이 자유롭게 앉아 신문도 읽고 궁전 소개 책자도 보는 곳이었다. 입장하기에 앞서 태세(?)를 갖추는 장소처럼 느껴지기도 했다. 화장실에 갔을 때는 한복이 아닌 예쁜 양장 차림으로 거울을 보며 옷매무새를 점검하는 북한 주민들도 보았다. 가장 먼저 들른 곳은 소지품을 보관하는 장소였다. 이곳에 두꺼운 외투, 전자 제품, 금속 등을 모두 맡겨 놓아야 한다. 나중에 금속 탐지기를 통과하기 때문에 당연히 몰래 가지고 들어갈 수도 없다. 팀별로 부여된 로커에 팀원들 소지품을 넣고, 가이드가 열쇠를 가지고 있다가 반납하면 다시 물건을 내어주는 식이었다.

내부는 굉장히 넓고 천장이 높아서 위로 올라갔는지 아래로 갔는지 가늠하기 어려웠다. 그냥 가이드를 따라가니까 엄청나게 긴 무빙워크가 나왔다. 무빙워크에서는 걷지 않고, 가만히 정자세로 서 있어야 하며 옆에 기대서도 안 된다. 주변에는 있는 듯 없는 듯 군인들이 있기 때문에 무례한 행동을 하지 않도록 조심해야 한다.

가이드는 이동하면서 중간중간에 태양궁전의 역사에 대해 간단히 설명해 주었다. 태양궁전은 북한 주민이라면 평생에 한 번은 꼭 오고 싶어 하는 장소라고 한다. 반대편 무빙워크에서는 방문을 끝내고 돌아오는 주민들이 많이 보였다. 남자들은 어두운 색깔의 정장에 넥타이를, 여자들은 벨벳 질감의 한복을 입고 있었는데, 겨울 한복인 듯했다. 북한에 와서 또 하나 느낀 게 있다면, 한복 디자인만 보자면 한국보다 북한이 훨씬 더 화려하다는 점이다. 하지만 비슷한 옷이 자주 보이는 걸 보니 배급받을 때 몇 가지 종류에서 하나를 선택하는 것 같았다.

가이드와 정장 종류에 대해 조용히 이야기하던 중에 왜소한 체격에 낡은 정장을 입은 중년 남성이 내 눈에 띄었다. 그냥 보기에도 다른 사람들보다는 형편이 좋지 않아 보였다. 나는 가이드에게 물었다.

"가난한 사람들은 여기에 어떻게 와요? 평양에 오는 것 자체가 어렵다면서요?"

그랬더니 그 선한 웃음에 장난기 많던 표정이 진지하게 바뀌면서 아주 작은 목소리로 대답했다.

"여기서 가난하다는 말은 쓰지 마십시오. 여기 사회주의 아닙네까? 가난한 사람이 어디 있고 부자가 어디 있겠습네까?"

다시 말을 조심해야겠다는 생각이 들었다. 이곳에 방문한 북한 주민들의 얼굴은 전부 무표정이었다. 단체로 온 것 같은데도 옆 사람과 얘기하는 모습은 볼 수 없었다. 무빙워크가 끝날 무렵 신발 먼지를 터는 기계 위로 걸어 올라갔고, 이어서 반도체 회사에나 있을 법한, 바람 나오는 문을 통과했다. 몸 전체를 소독하기 위해서였다. 그리고 다시 엄청나게 긴 무빙워크가 나왔다. 아까와는 달리 벽에 지도자 사진과 업적 소개 자료 등이 크게 걸려 있었고, 조금 더 들어가니 김일성과 김정일 동상이 보였다. 동상의 크기는 실제 사람의 4~5배 이상 되어 보였다. 분위기는 너무나 엄숙했다. 앞서 방향을 안내하던 가이드가 다시 우리 쪽을 보고 줄을 맞췄다. 그도 긴장했는지 넥타이 모양을 정돈했다. 사실 이렇게 직접 오기 전까지는 이곳이 북한에서 얼마나 중요한 곳인지 전혀 몰랐다. 동상을 지나 오른쪽으로 돌아서니 크고 하얀 문이 보였고, 군인이 우리 줄을 멈추게 했다.

'이 극도의 긴장감은 뭐지?'

무표정의 군인들, 긴장한 가이드, 그리고 어리둥절한 팀원들의 표정이 날 더 긴장하게 만들었다. 1분 정도 기다리니까 군인이 들어가라는 신호를 보냈다. 가이드는 우리 줄이 잘 맞는지 다시 한 번 점검했고 모두 함께 들어갔다.

어둡지만 붉은 조명이 설치된 방에 들어갔는데 맙소사, 홀 정

중앙에 김일성 주석의 시신이 안치되어 있었다. 시신을 직접 보게 될 거라곤 예상치 못했기에 처음에는 인형일 거라는 생각도 해 봤다. 하지만 유리관 안에서 빨간 이불을 가슴까지 덮고 누워 있는 건 분명히 사람이었다. 마치 잠들어 있는 것 같았고 눈가의 주름까지 선명했다. 텔레비전에서 본 모습 그대로 보존되어 있었다. 이 넓은 방 안에 관광객이 족히 50명은 되어 보이는데 숨소리조차 들리지 않았다. 너무 조용해서 마치 다른 차원에 들어와 있는 느낌도 받았다. 모든 방문객은 유리관을 기준으로 앞에서 한 번, 양옆에서 한 번씩 총 세 번을 허리 숙여 인사해야 했다. 관 주위를 돌며 인사만 하는 거라 시간은 오래 걸리지 않았다.

밖으로 나와 보니 모두 당황한 기색이 역력했다. 전시실로 이동하면서도 말을 꺼내는 사람은 아무도 없었다. 궁전은 크게 1, 2층으로 나누어졌는데 2층에는 김일성 주석의 시신과 유품, 살아생전 다른 나라로부터 받은 온갖 상이나 메달, 선물 등이 함께 있었고, 1층은 김정일 위원장의 시신과 유품, 메달 등이 비슷한 형태로 전시되어 있었다. 전시실을 둘러본 후 궁전 뜰로 나갔다. 이제부턴 사진을 찍을 수 있다고 했지만 궁전 정면을 찍을 수는 없었다. 그제야 여기저기서 소곤거리는 소리가 들렸다. 현재 일본에서 번역 일을 하는 독일인 팀원이 내게 다가왔다.

"제이, 난 시신을 보게 될 거라는 생각은 꿈에도 못 했어요."

"저는 처음에 인형인 줄 알았어요. 눈가 주름까지 보이는 정교한 인형요."

많은 생각이 들었다. 이곳은 북한 사람들에게 어떤 의미일까? 그들이 아닌 이상 완전히 알 수는 없겠지만, 순간 곳곳에서 보았던 '수령님은 언제나 우리와 함께 계신다.'라는 주체사상 문구가 떠올랐다.

미스 정, 헌화 좀 해 줄 수 있갔시오?

대성산혁명열사릉

다시 버스에 올라탔다. 태양궁전에서 멀지 않은 대성산혁명열사릉으로 갈 차례였다. 이곳은 북한의 국립묘지 중 하나로 김일성 주석 일가와 조선민주주의인민공화국 건국의 주역인 혁명 1세대(김일, 최현 등)가 안치되어 있다. 그뿐 아니라 일제강점기에 독립운동을 하다 만주에서 돌아가신 분들도 있다고 했다. 능으로 올라가기까지 계단이 수백 개는 되는 것 같았고, 숨을 헐떡이며 겨우 도착할 수 있었다.

꼭대기에 오르니 경치가 끝내줬다. 이곳에 잠들어 있는 분들이 해방된 조국을 바라볼 수 있게 하기 위해 높은 곳에 세웠다고 들었다. 능 정면에는 거대한 '공화국 영웅 메달' 조형물이 보이는데 모두 이곳에 헌화하고 묵념해야 한다. 우리 팀 가이드는 미리 준비한 꽃을 메달 조형물 앞에 놓았다.

능 입구에 꽃집이 있었는데 꽃 한 다발에 5유로 정도로 외국인

대성산혁명열사릉에 오르면 높고 탁 트인 경치가 보인다.

용과 내국인용 가격이 달랐다. 외국인용은 꽃 몇 송이를 더 넣고 비싸게 받지 않을까 싶었다.

각각의 묘에는 반신상과 비석이 세워져 있었다. 비석에는 이름, 지위, 생년월일, 사망일이 적혀 있고 아내와 함께 합장된 묘도 있었다. 전체 묘역은 총 9개의 단으로 이루어져 있는데 가장 아래부터 사망일 순서대로 세워졌다고 한다. 맨 윗단에는 김일성의 직계 가족들이 잠들어 있는데 이곳에서 다시 헌화하고 묵념한다. 사람들은 헌화용 꽃을 들고 차례대로 움직이고 있었다. 먼저 온 사람들의 묵념이 끝나면 다음 줄에 서 있

는 사람들이 줄 맞춰 걷다가 멈춰서 묵념했다. 그 모습이 얼마
나 조심스러워 보였는지 우리 팀도 조용히 줄을 섰다. 그때 갑
자기 가이드가 내게 말했다.

"미스 정, 우리 팀 대표로 헌화 좀 해 줄 수 있갔시오?"

순간 머릿속이 블랙홀로 빨려 들어가는 기분이었다. 간단하게
생각하면 조상님께 헌화하는 것이고, 복잡하게 생각하면 한국
에서 태어나 초등학교 때에는 반공 웅변대회까지 나갔던 내가
성인이 되어 스스로 국적을 호주로 바꾸고 북한 지도층의 묘
에 헌화하는 것이다. 혼란스럽지 않을 수 없었다. 하지만 결국
이런 복잡한 심경은 뒤로한 채 가이드와 함께 비석 앞으로 다
가가 꽃을 올려놓았고, 팀원들과 묵념을 했다. 한국에 돌아갔
을 때 북한 지도층의 동상에 헌화했다고 쥐도 새도 모르게 어
디 잡혀가진 않을까 하는 생각까지 들었지만, 특별하고 놀라
운 경험인 건 분명했다.

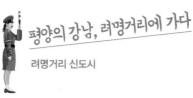

평양의 강남, 려명거리에 가다

려명거리 신도시

아침부터 무거운 묵념만 수십 번을 해서 그런지 마음도 무거워진 느낌이었다. 점심은 태양궁전에서 그리 멀지 않은 려명거리 신도시에 가서 먹는다고 들었다. 려명거리는 한국으로 치면 강남 한복판인 셈인데, 북한에서 가장 고급스러운 동네가 아닐까 싶었다. 버스를 타고 가다가 몇 번 본 영생탑부터 오전에 다녀온 태양궁전, 북한의 명문대인 김일성종합대학도 려명거리에 있다. 70~80층이 넘는 초고층 아파트도 있었는데 아파트 주민 대부분이 대학교수나 중요한 직책을 맡은 사람들이라고 했다. 조금 더 가니 고층 빌딩뿐만 아니라 우주선 모양의 독특한 건축물도 보였다.

식당까지는 조금 걸어가야 해서 덕분에 평양 거리를 자유롭게 걸을 수 있었다. 여행 첫날에 스쳐 지나갔던 려명거리를 걷는다니 기대가 치솟았다. 다른 사람들을 챙기는 모양인지 처음

특이한 모양의 건축물

으로 내 옆에 가이드가 없었다. 잠깐이나마 내게 꿀 같은 자유가 주어진 듯했다. 하지만 눈에 띄는 행동은 애초에 하지도 말아야 하며 누군가는 지켜보고 있을 것이기에 알아서 잘 처신해야 한다.

북한 여행을 하다 보면 어느 순간 자유와 선택, 이 두 단어에 감사하는 순간이 온다. 개개인의 행동이 통제되는 나라에서 살아가는 사람들을 보고, 나 역시 그 감시와 통제를 직접 느껴 보니 더 강렬하게 다가왔다. 자유란 누군가에게는 태어날 때부터 주어지는 당연한 권리지만, 다른 누군가는 한 번도 경험해 보지 못할 수도 있다는 걸 말이다. 내 모든 행동이 감시와

평양 거리의 모습

통제 속에 있다는 사실을 알고도 아무렇지 않게 행동해야 한
다는 건 분명 반가운 일이 아니다. 하지만 이러한 분위기 속에
서도 여행을 한다는 건 영하의 날씨에 야외 온천탕에서 목욕
을 즐기는 것과 같은 아이러니한 매력이 있다. 물 밖의 진짜 북
한 사회로 나가면 얼어 죽을지 몰라도 따뜻한 물속 같은 패키
지 여행단에서 잠깐 찬 공기만 쐬는 건 색다른 경험이 된다고
나 할까. 마음먹기에 따라 다르게 받아들일 수 있다.

거리를 걷는 내내 알록달록한 건물 색깔만 빼면 한국 어딘가
에 있는 기분이었다. 시간이 갈수록 북한 사람들의 얼굴, 언어
는 물론 민족성도 한국과 크게 다르지 않다는 걸 느꼈다. 특히
기억에 남는 점은 북한 주민들 역시 공공장소에서 큰 소리로
떠들거나 소란을 피우지 않는 것이다. 아이가 떠들면 엄마가
바로 조용히 시키고 통화할 때도 소근소근 하는 편이다. 빨리

빨리 문화도 어쩜 그리 똑같을까? 식당에서 밥 먹다가 젓가락 하나를 떨어뜨렸더니 종업원이 바람의 속도로 젓가락 한 벌을 가져왔다. 가장 비슷한 점은 자존심이 강하다는 사실이다. 북한 사람들은 무시당하거나 하대 받는 걸 싫어한다. 그러니 남북한의 문화나 언어, 생활 방식 등을 비교할 때 함부로 말하거나 평가하지 않도록 주의해야 했다.

"미스 정, 보니까 기분이 어때요?"

가이드가 인기척도 없이 다가온 덕분에 나는 또 화들짝 놀랐다. '무슨 축지법도 아니고 방금 전만 해도 주변에 아무도 없었는데 언제 오셨대요?'라고 속으로만 말하고 겉으로는 아주 예의 바른 소녀처럼 "높은 건물도 많고 거리도 깨끗하고 정말 놀랐어요! 바닥에 껌 하나 붙어 있지 않네요."라고 말했다. 그는 기분이 좋았는지 "허허허, 우리는 버릴 게 있으면 주머니에 넣었다 집에 가서 버립네다." 하고 웃으며 대답했다.

이야기를 나누면서 식당에 도착하니 아까 본 우주선 같은 건물이었다. '정보 기술 교류소'라는 곳이었는데 별다른 설명은 못 들었고, 정보 기술과 관련된 일을 하는 곳이 아닐까 싶었다. 1층에는 매점이 있었고 한쪽에서 북한 주민들이 김밥을 먹으며 담소를 나누는 중이었다. 나는 아이스크림 냉장고를 발견하고는 매니저에게 허락을 구한 뒤 '닭알 아이스크림' 하나를 골랐다. 이보다 더 솔직 담백한 이름이 있을 수 없었다. 닭

'정보 기술 교류소'와 '록색 건축 기술 교류사'

알 아이스크림은 중국 돈으로 20위안(약 3,500원)이었다. 맛은 한국의 부라보콘이랑 거의 비슷했는데, 매우 부드럽고 맛있었다. 나는 북한 여행을 하면서 식사든 간식이든 음식들은 다 믿고 먹었다. 내 바람이기도 하지만, 인공적인 맛을 내려고 몸에 좋지 않은 화학 제품을 쓸 것 같지는 않았다.

건물 3층에 있는 화려한 연회장에서 식사를 했는데 전, 잡채, 김치 등의 반찬이 나오는 한식이었고 빵과 떡 등의 디저트도 있었다. 대체적으로 만족스러운 한 끼였다.

바닐라맛의 닭알 아이스크림

북한에도 지하철이 있다고?

만수대 언덕, 부흥역

평양 지하철로 가기 전에 잠깐 만수대 언덕에 들를 수 있었다. 이곳 또한 북한에서 아주 중요한 장소 중 하나다. 이름은 언덕이지만 깔끔하게 정돈된 공원 같은 곳이었다. 그도 그럴 것이 23m나 되는 김일성, 김정일 동상이 세워져 있었기 때문이다. 얼마나 큰 동상인지 옆에 선 사람이 콩알만 해 보였다. 이곳에서도 사람들이 헌화하는 모습을 볼 수 있었다. 북한 주민은 결혼식 후 이곳에 방문하는 일정이 있다고도 들었다. 우리가 도착했을 때는 이미 한복과 양장을 차려입고 온 사람들이 줄 서서 자신의 차례를 기다리고 있었다.

지하철역은 부흥역, 영광역, 개선역까지 총 3곳을 구경할 예정이었다. 가장 먼저 북한의 중심이자 세계에서 가장 깊은 지하철역이라는 부흥역으로 갔다. 열차를 타기 위해서 무려 110m

압도적인 크기의 동상이 우뚝 서 있다.

의 에스컬레이터를 타고 내려가야 했다. 왜 이렇게 깊게 만들었나 싶어서 물어보니 전쟁 시 방공호로 사용할 수 있도록 설계되었다는 답을 들었다.

지하철 입구는 남한의 기차역과 비슷했고 역 안으로 들어가자마자 바로 개찰구와 에스컬레이터가 보였다. 이용객들은 보통 역 입구에서 표를 구입하고, 자주 이용하는 통근자들은 교통카드를 찍고 들어가는 것 같았다. 여기까진 남한의 지하철과 크게 다르지 않다. 지하철 이용료는 대략 1달러 미만인데

부흥역 입구

내국인과 외국인이 내는 가격이 다르고 언제 여행하느냐에 따라 금액이 바뀔 수 있기 때문에 정확한 가격은 단정짓기 힘들다고 했다. 개찰구를 통과해서 탄 에스컬레이터는 얼마나 깊은지 롤러코스터 꼭대기에 올라와 있는 느낌이 들었다. 비상계단이나 엘리베이터는 보이지 않았다. 오직 에스컬레이터 세 대가 오르락내리락하며 그 누구도 걷지 않고 두 줄 또는 한 줄로 서서 이동했다. 승강장까지 내려가는 동안에는 사회주의 사상을 교육시키는 방송이 끊임없이 들려 왔다. 북한 뉴스를 한 번이라도 들어 본 사람이라면 꽤 익숙할(?) 여성 앵커의 박력 있고 우렁찬 목소리를 가만히 들어 보았다. 내용은 대개

"위대한 수령님께서는 어느 곳을 방문하시어 참 잘하였다고 말씀하셨습니다." 등 지도자의 업적을 찬양하는 내용이었다. 문득 궁금한 게 떠올라 옆에 있던 가이드에게 물었다.

"에스컬레이터가 고장 나면 어떻게 해요?"

"왜 고장 납네까? 남조선에서는 에스칼레이터 고장이 잘 납네까?"

사뭇 진지하게 물어보길래 내 대답에 한국에 이미지가 달려 있다는 생각이 들었다.

"뭐 자주 나는 건 아니고 가끔 나긴 하죠. 하하하. 사람이 많이 이용하니까요."

"기리면 어케 합네까? 걸어 올라갑네까?"

"네, 걸어 올라가거나 엘리베이터 타야 하는데 젊은 사람들은 걸어가는 편이죠."

"아, 기렇습네까?"

가이드의 반응은 진짜 놀란 건지 놀란 척을 하는 건지 당최 알 수가 없었다. 영원히 내려갈 것만 같았던 에스컬레이터 이동이 끝난 후에는 지하도를 조금 더 걸어갔다. 벽면에는 '종합 안내판'이 있었는데 도착할 역을 누르면 정차하는 역마다 불빛이 들어와 경로를 알려 주는 시스템이었다. 나처럼 처음 이용하는 승객이 이용하면 좋을 것 같았다.

지하도를 빠져나와서 승강장을 대면한 순간, 나는 입이 떡 벌

끝이 안 보이는 에스컬레이터

어진다는 말은 이럴 때 쓰는구나 싶었다. 지하에 건설한 도시처럼 보일 정도로 어마어마한 승강장이었다. 어두운 터널에 열차만 딸랑 한두 개 있을 거라고 생각했던 건 나의 오만한 착각이었다. 부흥역은 화려하기 그지없었다. 마치 하늘에서 분수 쇼가 펼쳐지는 것 같았다. 천장에 매달려 있는 샹들리에는 고급스러웠고 기둥이나 벽에서도 섬세한 조각을 볼 수 있었다. 이렇게까지 꾸며 놓은 이유가 무엇인지 가이드에게 물어보았더니 '평양 시민이 지하철을 탈 때 적은 돈으로도 호화로운 기분을 느낄 수 있도록 한 김일성 주석의 뜻'이라고 했다. 나를 포함한 외국인 관광객 모두, 기대 이상으로 깨끗하고 잘 가꾸어진 역사 내부를 보고 한참이나 입을 다물지 못했다.

부흥역 승강장 내부에는 신문을 볼 수 있는 판대가 곳곳에 있었다. 북한에서 읽는 신문은 기본적으로 '로동신문'과 '평양신문'인지 어딜 가나 이 신문들을 쉽게 접할 수 있었다. 기사는

출퇴근 시간에는 사람이 많았다.

대개 당에서 인민들을 위해 벌이는 대·내외적인 입무의 진행
상황이나 인민들이 당을 위해 진행하는 다양한 프로젝트에 대
한 내용이었다. 벽화 또한 그냥 지나칠 수 없었다. 사회주의 감
성이 물씬 풍기는 벽화는 북한 인민들이 힘을 합쳐 나라를 부
강하게 하자는 의미를 담았다고 한다. 사회주의 구호, 지도자
찬양뿐만 아니라 북한의 역사도 포함되어 있었다. 멀리서 보
면 페인팅 같았지만 가까이서 보니 모자이크였다.

승강장에 안전문이 따로 없기에 역내 승무원이 빨간 표지판을 들고 서 있었다. 러시아를 여행해 본 적이 있는 영국 팀원이 말하기를 북한 승강장이 러시아의 승강장과 매우 흡사하다고 했다. 곧 우리가 탈 연둣빛 색상의 장난감 같은 열차가 들어왔다. 승객들이 문으로 몰려들었지만 먼저 타려고 밀고 들어가는 사람은 없었고, 열차는 사람들이 천천히 타고 내릴 수 있도록 충분히 기다려 주었다.

평양 시민들과 지하철 탑승!

영광역

북한의 열차는 구형과 신형이 있다. 신형은 조명이 밝고 깨끗해서 한국 지하철과 다른 점을 느끼기 어려운 반면, 구형은 내부가 비교적 어두웠지만 원목으로 꾸며져 있어 고풍스러운 느낌이었다. 평양의 지하철이 서울 지하철보다 1년 더 빠른 1973년 9월에 개통되었다는 말을 듣고 놀랐다. 설마 했는데 지하철 내부에도 지도자 사진이 걸려 있었고, 스피커 방송도 나오고 있었다. 구형 지하철 좌석에 앉아 보니 오래된 침대 위에 앉았을 때처럼 굵은 스프링이 느껴지는 듯했다. 불편하진 않았지만 그냥 서서 갔다. 선전 방송이 멈추면 사진 찍는 것조차 부담스러울 만큼 조용해졌는데 그때 자리에 앉아 계시던 할아버지 한 분이 내 옷깃을 살짝 잡고 물으셨다.

"저 사람들은 다 어디서 왔는가?"

나를 북한 가이드로 착각하신 것 같았다. 나는 최대한 자연스

북한 시민처럼 평양을 누비다

구형 지하철의 '영웅 영예군인자리'와 '전쟁로병자리'

신형 열차는 확실히 현대적인 느낌이다.

럽게 말했다.

"저기 저 사람들은 도이치(독일)에서 왔고 또 저기 저 사람들
은 영국에서 왔습니다. 또 여기 이분은 오스트레일리아에서
왔습니다."

이렇게 대답하니 할아버지께서 "그렇구나."라고 짧게 대답하
셨다. 나도 모르게 웃음이 났다. 내 옆에 중국계 호주인도 서
있었는데 나에게 물어보신 걸 보니 딱 봐도 조선인으로 보였
나 보다. 다음 내릴 영광역까지는 한 정거장이었다.

평양의 지하철 노선은 천리마선(빨강)과 혁신선(초록) 두 개로
나뉘는데 그중 천리마선에는 연장 구간인 만경대선이 있다.
이렇게 보면 세 개의 노선이 운행 중인 셈이다. 우리가 간 곳
외에도 봉화역, 승리역, 광복역, 혁신역, 전승역 등 총 17개의
역이 있지만 관광객들이 다닐 수 있는 역은 2~3개 정도로 한
정되어 있다.

영광역 역시 웅장한 멋이 있었다. 아트 갤러리가 연상될 만큼
천장이 다채롭게 꾸며져 있었는데 기둥과 천장은 폭죽을 형상
화했다고 들었다. 이곳의 벽화는 평양 시내 그림이었다. 이제
마지막으로 개선역으로 가려는데 운 좋게도 신형 열차가 와서
타 볼 수 있었다. 열차 안의 손잡이며 좌석 색깔이 모두 분홍색
이라 산뜻했고 깨끗하고 조명도 밝아서 서울의 지하철을 타고
있는 것 같았다. 구형에서 신형으로 옮겨 타니 타임머신을 타

화려한 영광역 내부

고 과거에서 미래로 여행하는 기분까지 들었다.

한국과 북한 지하철 문화의 가장 큰 차이점 하나를 말하자면 북한에는 지하철 안에서 신문이나 책, 핸드폰 등 무언가를 보는 사람이 많지 않다는 것이다. 옆 사람과 수다를 떠는 사람도 거의 없었다. 잠시 뒤 우리의 종착지인 개선역에 내렸다. 역내에 지도자 동상과 편의점 프랜차이즈인 수매상점이 있었다. 북한 지하철 탑승은 이번 여행의 하이라이트로, 주민들과 가장 가깝게 있을 수 있었던 감동적인 한때였다.

북한의 국민 간식, 인조고기밥

개선역 부근

개선역에서 내린 후에는 버스를 타러 가기 위해 걸었다. 지하
철역 주변이라 그런지 여기저기 상점이 많이 보였다. 주중인
데다 아직 퇴근 시간도 아니라서 거리가 비교적 한산했다. 참
고로 북한 주민들은 토요일까지 주 6일 근무한다.

청량음료점 또한 자주 보이는 편의점이었는데 가까이 가서 구
경해 보니 김밥, 떡, 이름 모를 간단한 스낵들이 많았다. 김밥
은 한국과 거의 똑같은데, 약간 충무김밥
느낌에 가까웠다. 북한 국민 간식인 '콩
인조고기밥'도 보였다. 탈북자가 패널로
나오는 TV 프로그램 〈이제 만나러 갑니
다〉에서 보았을 때 너무 맛있다고 호들
갑이길래 맛이나 좀 볼까 하고 구입했
다. 중국 돈으로 30위안(약 5,000원)

북한의 국민 간식, 인조고기밥

정도 준 것 같다. 제조원은 모란봉종합식당. 왠지 매워 보였고 포장이 되어 있는데도 강한 마늘 향이 풍겨서 다 같이 저녁 먹을 때 먹기로 했다.

전쟁기념관으로 가는 도중에는 차가 약간 막히는 것 같았다. 북한에서는 개인이 직접 차를 사서 운전하고 다닐 수 없다고 들었다. 사회에 공을 세운 사람들이 상으로 받는 식이라 그런지 중형급 차가 많이 보였다. 이번에도 내 옆에 앉은 매니저가 나에게 질문했다.

"미스 정, 남한 사람들은 차를 다 가지고 있습네까?"

"다는 아니에요. 하지만 가지고 있는 사람이 아주 많죠."

"집집마다 차가 다 있습네까?"

"있는 집도 없고 없는 집도 있어요."

북한에서 내가 받은 대부분의 질문은 '대략 싸잡

간혹 신형 버스도 보였다.

아 평균을 내서 답해야 하는 경우'가 많았다. 한국 사람들이 얼마를 버는지 또는 집마다 차가 있는지 정확히 몰라도 결국은 평균적인 대답을 해야 했다. 나중에 서울로 돌아와 찾아보니 북한에서도 차를 직접 제조한다고 한다. 평화자동차, 승리자동차, 평양자동차, 청진상용차, 김정태기관차에서 차를 만들긴 하지만 기술이 뛰어나지 않아서 중국에서 많이 수입한다고 한다.

평양에서 본 승용차는 평화자동차가 많았다. 1960년대만 해도 북한에서는 연간 4000대 정도의 차를 만들었다고 한다. 그에 비해 남한은 100여 대에 불과했는데 현재 한국의 자동차 기술은 세계적인 수준이니 자부심을 갖지 않을 수 없다.

6·25 전쟁이 북침이라뇨?

조국해방전쟁승리기념관

슬슬 관광용 버스가 여기저기 보이는 걸로 봐서 가까운 곳에 기념관이 있는 것 같았다. 입구로 들어선 우리를 가장 먼저 맞이한 건 기념탑이었고 바로 옆에는 깃발을 든 사람 동상이 있었는데 이름하여 '승리상'이었다. 웅장한 멋의 조국해방전쟁 승리기념관은 한국의 전쟁기념관과 분위기가 비슷했다. 여기에서의 '해방'이 일본으로부터의 독립을 말하는 것인가 싶어서 물어보았는데, 어떻게 설명해야 할지 고민하는 것 같아서 재차 질문할 수 없었다.

나중에 알아보니 조국 해방 전쟁이란 6·25, 바로 한국 전쟁을 말하는 것이었다. 6·25 전쟁은 1950년 6월 25일에 발발하여 1953년 7월 27일 휴전 협정까지 3년 정도가 걸린 싸움이다. 이 전쟁은 단순히 남북한의 싸움이 아닌 소련, 미국, 중국, 유엔군 등이 동원되어 엄청난 물적·인적·정신적 피해를 입

조국해방전쟁승리기념관과 승리상

은 슬픈 역사다. 북한에서는 휴전 협정이 이루어진 7월 27일
을 조국해방전쟁승리기념일로 지정했고 국가 공휴일이기도
하다. 이 기념일 동안 평양을 여행할 수 있는 북한 여행 상품도
꽤 인기 있다. 이날만큼은 나라 전체가 축제 분위기라서 주민
들과 노래하고 춤도 함께 즐길 수 있다고 하니 북한에서 이 날
이 얼마나 중요한 날인지 짐작할 수 있다. 해방은 '미 제국주
의에 대항한 승리'라는 뜻으로, 전쟁에서 한반도 북부 지역(북
한)의 사회주의 체제가 승리했음을 의미한다고 한다.

이 기념관 외관에는 주로 전쟁 시 포로로 잡힌 미군들의 무기,
전차 그리고 사진 등이 전시되어 있다. 그중 단연 돋보이는 것
은 1968년 북한에 나포된 미합중국 해군의 정보 수집함 푸에
블로(USS Pueblo)호다. 배 곳곳에 총탄이 박힌 자국들이 선명
하게 남아 있었다.

실제 사용한 전차, 무기 등이 많이 보였다.   미합중국 해군의 정보 수집함 푸에블로호

미국 군함이 도대체 어쩌다 북한 해안을 넘어와서 포로로 잡혔을까? 당시 이 군함에는 승조원이 83명이나 있었지만 나포 도중 총격으로 1명 사망, 나머지 82명은 약 1년간 포로로 잡혀 전기 고문을 받았다고 한다. 식사로는 단무지를 엄청나게 먹었다는 검증되지 않은 이야기까지 있다. 미국은 미합중국을 위해 싸운 모든 군인은 시신이라고 할지언정 반드시 본국으로 데려온다는 원칙이 있다고 한다. 결국 승조원들은 북한 영해에 침입하여 해적 행위를 했음을 시인하는 문서에 서명하고 공식 사과한 후 판문점을 통해 풀려났다고 한다. 미국이 사과까지 할 정도이니 사실상 북한 측에선 엄청난 승리를 한 게 맞는 듯하다. 승조원들은 모두 돌아갔지만 푸에블로호는 여전히 미국으로 돌아가지 못하고 보란 듯이 북한의 전쟁승리기념관에 승리의 증거물로 보관되어 있다. 푸에블로호 내부에 전시

되어 있는 1968년 1월 24일 수요일 발행된 조선인민군 신문은 1면을 이렇게 장식했다. '조선 인민의 철천지 원쑤인 미제 침략자들을 끝까지 소멸하자!'

푸에블로호까지 구경하고 본격적으로 기념관 내부로 들어 갔다. 여기서부턴 촬영이 금지되었다. 기념관 내부에는 6·25 전쟁에 관한 많은 자료가 있었다. 주로 김일성의 업적에 관한 기록으로, 그 당시 입은 군복, 신발, 서명한 문서 등 사회주의 체제 승리를 기념하는 것들이다. 근데 조금 이상했던 건 그 많은 전쟁 기록이나 가이드 설명에 남한에 대한 직접적 언급이 별로 없었다는 점이다. 오히려 미국을 상대로 한 전쟁이었다는 느낌을 받았다.

또한 가이드가 전쟁에 대해 설명하던 중 너무 놀라운 이야기를 했다. 6·25 전쟁은 북침이라는 주장이었다. 새벽에 적(미국, 남한)이 북한을 침략했다니 우리와는 아주 다르게 기록되

조선인민군 신문

어 있었다. 갑자기 침략을 당했다면 어느 정도 밀려나야 스토리가 자연스러울 텐데 북한군은 3일 만에 서울을 점령했다. 정녕 북침이라면 땅굴은 왜 그렇게 팠는지 그 이유도 함께 교육해야 하지 않을까 싶었다. 이러한

북한의 주장을 어떻게 받아들이나 궁금한지 가이드가 나에게 왔다.

"남한에서는 이런 전쟁박물관이 있습네까? 거기서는 6·25 전쟁을 어케 배웁니까?"

"정반대로 배워요. 새벽에 모두 자는데 북한 공산당이 쳐들어왔다고요."

가이드도 그동안 많은 외국인을 만나 왔기 때문에 한국과 북한의 주장이 서로 다르다는 것쯤은 알고 있는 듯했다. 가이드들과 나는 전쟁을 직접 경험한 세대가 아니다. 그래서 서로 얼굴 붉히지 않고 대화할 수 있었는지도 모르겠다.

"독립한 지 얼마 되지 않았을 때인데 어느 조상님이 매너 없게 먼저 쳐들어간 걸까요?"

"글쎄요. 서로 다르게 배우니 말입네다."

농담 같은 말로 웃으면서 넘어갔지만, 한국 전쟁에 대한 이야기는 흐지부지 끝날 수밖에 없는 듯했다. 다른 나라 국적으로 북한에 여행 와서 역사 얘기로 얼굴 붉힐 수는 없는 노릇이었다.

또 다른 핫플레이스

만경대 고향집, 만경대학생소년궁전

우리는 김일성 주석이 태어나고 자랐다는 만경대 고향집(김일성 생가)으로 향했다. 유명한 관광지들은 평양에 몰려 있어서 이동 시간은 길지 않았다. 만경대에 도착하자 한복을 곱게 입은 안내원이 우리를 반갑게 맞이했다. 가이드가 나를 소개해 주며 남조선에서 여행 왔다고 하니 오랜만에 만난 이모처럼 활짝 웃어 주었다. 이러고 보니 북한에 와서 이모 삼촌 다 만나고 가는 것 같다.

만경대는 '만 가지 경치가 한눈에 보인다.'라는 뜻을 가지고 있다. 이곳은 예로부터 경치가 너무 좋아서 소위 돈 있는 부자들이 이 주변에 조상 묘를 모시기 위해 경쟁적으로 사들였다고 한다. 김일성 주석의 할아버지는 그 부자 중 한 사람의 땅을 관리해 주기로 하고 터를 잡은 것이다. 만경대는 입구부터 잘 꾸며져 있었다. 깔끔한 콘크리트 바닥에 주변에는 나무도 많

만경대 고향집 앞이다.

만경대 고향집 내부와 일그러진 장독

이 있어서 국립공원에 와 있는 것 같기도 했다. 만경대 고향집 역시 북한 인민들에게 아주 성스러운 장소이므로 함부로 바닥에 침을 뱉거나 잔디밭에 들어가는 행위 등은 절대 안 된다.

기록에 의하면 김일성 주석의 본명은 김성주이며 이곳에서 8살까지 살다가 독립운동을 하는 아버지를 따라 중국으로 가서 많은 일을 겪었다고 한다. 14살이 되던 해에는 아버지가 일본군에 체포되었다는 소식을 듣고 아버지의 원수를 갚는 것은 물론 나라를 되찾겠다는 다짐을 했고, 거의 20년이 지나서야 고향집으로 돌아올 수 있었다.

내부에는 실제 사용하던 생활 도구가 잘 보존되어 있었는데, 그중 눈에 띄었던 일그러진 장독에 관한 일화를 들었다. 김일성 주석의 할머니가 새댁이었을 무렵, 시장에 장독을 사러 나갔는데 돈이 부족해서 제대로 생긴 독을 살 수 없었다고 한다. 마을 사람들의 비웃음을 들으면서도 결국 싼값에 독을 산 할머니는 장독이 일그러졌다고 장맛이 나쁘겠냐며 언젠가 이 옆에 보기 좋은 독을 나란히 세울 날이 반드시 올 것이라고 했단다. 대단한 포부가 아닐 수 없다.

우리는 잠시 뒤 평양의 또 다른 핫플, 만경대학생소년궁전으로 출발했다. 역시나 이름에 걸맞게 엄청난 규모였다. 이곳은 평양에 있는 학생들이 방과 후 학습 활동의 일환으로 춤, 노래,

만경대학생소년궁전

악기 연주 등 종합 예술부터 다양한 문화 및 과학 지식까지 습득하는 학습당이다. 이러한 방과 후 활동을 여기서는 소조 활동이라고 부른다. 아이들이 공연도 할 수 있으며 수영장, 도서관, 컴퓨터실, 심지어 2000석의 극장까지 있다니 이곳에서 배운 학생들이 나중에 사회로 나가 어떤 대우를 받을지는 충분히 짐작할 수 있었다.

우리 팀은 일정상 너무 늦게 도착해서인지 거의 꽉 찬 객석으로 가서 서둘러 공연만 봐야 했다. 초등학생으로 보이는 아이들이 춤추고 노래하는데 수준은 전문가의 예술 공연과 맞먹었다. 노래, 춤, 악기까지 모든 공연을 훌륭하게 해낸 모습이 대

학생들의 공연 장면

견했고, 공연을 보면서 감탄하다가도 이렇게 하기까지 피땀을 흘렸을 아이들을 생각하니 안타까운 마음도 들었다. 가장 어린아이는 어림잡아 6~7살 정도 되어 보였다. 참고로 노래 가사는 모두 '위대한 지도자'를 찬양하는 내용이었다.

공연을 다 보고 밖으로 나오니 베트남 관광객들이 우르르 몰려오고 있었다. 마침 우리 쪽으로 걸어오면서 인사하길래 나도 같이 인사했다. 마치 서로에게 '당신도 안전하게 잘 여행하고 있나요?'라고 질문하는 것처럼 느껴졌다. 버스에 타기 전에 매니저가 나에게 물었다.

"공연 어땠습네까?"

"아이들이 이렇게 노래를 잘하고 춤을 잘 춰요? 전문가 공연 같았어요. 보는 내내 입이 떡 벌어졌어요."

"고조 우리는 학교 끝나고 아이들 모두 소조 활동을 합네다."

"그래서 북조선 사람들이 노래를 다 잘했군요!"

내 말에 매니저의 기분이 한껏 좋아진 것 같았다. 북한은 예술을 중요시한다. 그래서 춤과 노래를 잘하는 사람들의 대우가 굉장히 좋다고 들었다. 이렇게 보니 우리가 원래 흥이 많은 민족 같았다. 한편으로는 공연 내내 지도자 찬양을 듣고 있자니 특정 사상을 자연스럽게 주입하기에 노래만큼 쉬운 일도 없다는 생각도 들었다. 숙소로 향하는 버스에서, 오늘 밤 묵을 평성의 숙소는 평양의 호텔보다 여건이 좋지 않다며 미리 손전등을 챙기라는 말을 들었다. 이때까지만 해도, 밤인데 불 좀 꺼지면 어떤가 싶었다.

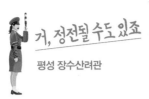

거, 정전될 수도 있죠

평성 장수산려관

2시간 정도 뒤에 숙소에 도착했다. 지방이라서 그런지 건물 앞
거리는 가로등 불빛 하나 없이 어두컴컴했다. 로비로 들어와
보니 '장수산려관'이라는 이름이었다.

체크인을 하고 바로 식당으로 갔다. 시설은 더 오래된 것 같았
지만 호텔의 아늑한 분위기가 왠지 맘에 들었다. 식당으로 가
는 길에는 책방과 매점이 있었는데, 늦은 시간인데도 불구하
고 종업원이 서 있는 게 보였다. 식당 안으로 들어가니 역시나
음식이 미리 준비되어 있었다. 오늘 저녁은 유럽식. 감자 크림
수프와 감자볶음, 감자조림까지…. 요리사님이 감자 밭에 다
녀오셨을까? 올겨울 먹을 감자는 다 먹은 것 같았다. 닭튀김과
맥주가 나와서 치맥도 할 수 있었다. 봉학맥주는 비린 보리 맛
이 강했는데 나는 쌉쌀하게 톡 쏘는 대동강맥주가 훨씬 맛있
었다.

봉학맥주와 함께한 저녁 식사

낮에 매점에서 구입한 콩인조고기밥도 팀원들과 나눠 먹었다. 포장지를 벗기니 매콤 달콤한 김치 양념에 버무려진 거대한 유부초밥이었다. 매운맛보다는 되려 달콤한 겉절이 양념 맛이 진했다. 잠깐 다른 이야기를 하자면, 북한에서는 떡볶이를 전혀 모른다고 들었다. 궁중 떡볶이는 조선 시대부터 있었으니까 적어도 달콤한 간장 소스에 버무린 떡 요리가 북한에도 있을 줄 알았다. 더 놀라운 건 김치찌개도 없다는 사실이다. 김칫국 비슷한 건 있지만 한국식의 고기를 넣은 김치찌개가 없다고 했다.

밥을 먹다 보니 어느덧 늦은 시간이 되었다. 하나둘 방으로 가고 나는 독일 팀원들과 동독과 서독의 문화 차이에 대해 열띤 토론을 하고 있었다. 우연인지 필연인지 같은 밥상에 각각 동독과 서독에서 태어나 자란 사람들이 있었는데, 더불어 나까지 함께 있으니 주제는 자연스럽게 '통일'로 이어졌다.

"제이, 남한 사람들은 통일에 대해 어떻게 생각해요?"

"글쎄요. 생각보다 굉장히 어려운 질문이에요. 누구한테 묻느냐에 따라 대답은 제각각이겠죠. 제가 남한 사람을 대표해서 말할 순 없지만 통일을 원하는 사람도 많고 또 원하지 않는 사람도 많아요. 그런데 가장 큰 문제는 전혀 관심이 없는 사람도 많다는 거예요. 제 세대가 특히 그래요."

한창 이야기를 나누던 도중, 갑자기 호텔 전체가 정전되었다. 예상은 했지만 놀란 마음에 서둘러 핸드폰 플래시를 켰다. 다른 팀원들도 손전등을 들고 있는 모습이 재미있어서 사진을 찍고 있었는데 곧바로 종업원이 커다란 램프를 들고 와서 테이블 위에 올려놓았다. 몇 분 뒤 바로 불이 다시 들어왔지만, 이미 밤늦은 시간이라 금방 자리에서 일어났다.

방으로 들어오니 여전히 전체적으로 어두웠고 방바닥은 뜨끈뜨끈했다. 뜨거운 물은 정해진 시간에만 나온다고 해서 얼른 씻고 침대에 올라갔다. 밖은 쥐 죽은 듯이 조용했다. 너무 조용해서 잠이 안 오길래 텔레비전을 켰다. 마침 김정은이 태양궁전을 방문했다는 뉴스가 나오고 있었다. 이 뉴스를 북한에서 보고 있자니 또 새로웠지만, 소리는 잘 들리는데 화질이 좋지 않아 몇 분 보다가 꺼 버렸다. 방에 누워 천장을 보고 있자니 여기가 한국인지 북한인지 실감이 안 났다. 어쨌든 코리아 어디쯤인 건 확실하다.

5장

잘나가는 도시, 평성과 평양

스피커 방송, 모닝콜이 따로 없네

평성 장수산려관

방 온도가 너무 높아서 그런지, 자도 잔 것 같지 않았다. 찬 바람도 쐴 겸 베란다로 나가서 이른 아침부터 출근하는 사람들을 바라보았다. 보슬비가 내렸구나 생각하던 순간, 스피커 방송이 들려오기 시작했는데 소리가 얼마나 쩌렁쩌렁 울리는지 모닝콜이 따로 없었다. 평성 시민들은 매일 아침 이 선전 방송을 들으며 하루를 시작하는 것 같았다.

북한은 관광 명소, 길거리, 식당, 지하철 등에서 끊임없이 사회주의 체제 선전 방송이 나온다. 의식적, 무의식적으로 늘 들으니 며칠 지나지 않았는데도 나도 모르게 익숙해졌다. 참고로 이 '익숙함'은 방송이 그다지 신경 쓰이지 않게 되었다는 뜻이다. 스피커 방송은 대개 "위대한 지도자께서는 우리 조국과 인민을 위해 ~하시고는 ~하시었다."라는 말로 시작한다. 완전히 다 알아들을 수는 없었다. 북한 말에도 지역에 따라 특이한

아침에서야 장수산려관을 제대로 보았다.

억양이 있어서 빨리 말하거나 순수 북한 단어만을 사용하면 알아듣기가 좀 어렵다. 제주도만 해도 쓰는 단어가 꽤 다른데 하물며 70년을 떨어져 산 남북한은 더 할 거라는 생각도 들었다.

호텔 밖으로는 나갈 수 없었기에 팀원들 모두 입구에 멀뚱하니 서서 평성 거리를 사진에 담았는데 이 상황이 얼마나 재미있었는지 모른다. 30여 명의 여행객이 호텔 정문에 서서 출근하는 북한 주민들을 찍어 대고, 출근하는 북한 주민들은 자신들의 사진을 찍어 대는 여행객을 구경하면서 지나갔다.

평성은 평안남도의 5개 시 중 하나인데 '평양을 지키는 성새

가 되라'라는 뜻에서 그 이름이 유래됐다고 한다. 평양에서
30km 정도 떨어져 있다니 그리 멀지는 않은 곳이다. 예전에
는 작은 촌락이었는데 현재는 도청 소재지인 걸 보니 급성장
한 도시 같았다. 도로는 잘 정비되어 있었지만 주변으로는 여
전히 흙이 많아서 흙탕물이 생겼다. 평성의 거리는 평양과 달
라도 너무 달랐다. 평양이 마치 꾸며진 연극 무대 같다면 평성
은 더 현실적이고 사람 사는 곳 같았는데, 이런 시골 같은 느낌
이 참 좋았다. 밖으로 나와 호텔 전경을 보니 어젯밤에는 어두
워서 잘 몰랐는데 아침에 보니 작은 규모는 아니었다. 호텔 입
구에는 어김없이 지도자를 찬양하는 구호가 걸려 있었다.

북한 여행을 다니는 내내 곳곳에 관찰자, 감시자가 있다는 느
낌을 받았다. 이곳 북한에서는 당연한 일이기도 하겠지만, 꼭
가이드가 아니더라도 주민, 종업원이 그 역할을 대신하는 것
같았다. 평성에서도 마찬가지였다. 어젯밤 호텔 식당에서 정
전이 되었을 때 내가 사진을 찍는 걸 본 사람이라곤 팀원 몇 명
과 우리 테이블로 램프를 가져다준 종업원밖에 없었는데 가이
드 중 한 분이 내게 조심스럽게 물었다.

  "고조, 어제 밥 먹다가 정전이 되지 않았습네까? 혹시 사진
  을 찍었습네까?"
나는 순순히 내가 찍은 핸드폰 사진을 보여 주었다. 사진을 유

심히 보던 가이드는 이렇게 말했다.

"고조 정전이 되어서 관광객 분들께 불편을 끼쳐 드린 것 같습네다. 우리가 아직 부속한 부분도 좀 있습네다. 하지만 우리는 모든 발전을 남의 힘을 빌리지 않고 자력으로만 일으키기 위해 노력하고 있습네다."

결국 나는 그가 보는 앞에서 사진을 지우고 확인까지 시켜 주었다. 그리고 어색한 정적을 깨기 위해서 무슨 말이라도 해야 했다.

"호주 시드니도 바닷가 옆이어서 그런지 비바람이 자주 불어요. 천둥이 오거나 폭우만 쏟아져도 정전이 되거든요. 그래서 집에 손전등이 늘 있었어요."

하지만 "아, 기립니까?" 하고 마는 그였다.

나는 바로 커피라도 마실 겸 1층 식당으로 내려갔다. 식당 옆 조그마한 매점에는 어르신들이 삼삼오오 모여 이야기를 나누고 있었다. 매점에도 커피가 있지 않을까 해서 들어갔는데 완전히 시선을 한몸에 받게 되었다. 그곳에 있던 모든 이들이 하던 말을 멈추고 나를 쳐다봤다. 나는 커피를 주문해야 한다는 사실도 잊은 채 할아버지와 할머니에게 90도로 꾸벅 인사를 했다.

"어르신, 안녕하세요? 저는 남조선에서 왔습니다."

"아, 기리요? 아주 반갑습네다."

할아버지 한 분과 할머니 두 분이 웃으며 손을 잡아 주셨다. 다시 일반 주민들을 만나게 되어 반가운 마음도 있었지만, 손을 잡고 있으려니 왠지 뻘쭘했다. 매점 동무에게 "커피 있습니까?"라고 물었더니 없단다. 다시 어색한 미소로 인사를 하고 서둘러 나갔다. 지금 와서 생각해 보니 한마디라도 더 나누었으면 어땠을까 싶다.

영재 학교에 방문하다

덕성소학교

평성에는 영재 학교가 많은데, 오늘은 그중에서도 유명한 덕성소학교에 방문할 예정이었다. 북한에서는 소학교(초등학교) 5년, 초급 중학교(중학교) 3년, 그리고 고급 중학교(고등학교) 3년까지 총 11년 동안 의무 교육을 받는다고 한다. 대학교는 한국과 같은 4년이다. 북한 역시 좋은 대학에 가기 위한 입시 준비가 치열하며 그에 따라 부모님 극성도 보통이 아니라고 한다. 또한 평성에는 북한의 최고 대학인 김일성종합대학(한국으로 치면 서울대)과 동급인 평성리과대학(한국으로 치면 KAIST)이 있다. 사실 북한에서는 대학에 가려면 실력뿐 아니라 출신 배경도 중요하다고 한다. 하지만 평성리과대학은 오로지 실력 위주로 선발한다고 하니 과연 나라를 대표하는 수재 대학이 아닐 수 없다. 어찌 보면 평양과 평성은 잘나가는(?) 사람들이 모여 사는 도시 같다는 생각이 들었다.

덕성소학교 입구

학교 벽에 걸려 있던 지도자 그림과 학습용 그림들

버스로 20분쯤 가니 학교가 보이기 시작했다. 정문에는 학교 관리인으로 보이는 분들과 선생님들이 나와서 우리를 기다리고 있었다. 팀원들과 함께 선생님을 따라 학교로 들어가자 바로 정면에 지도자와 아이들이 함께 즐거운 시간을 보내는 그림이 보였다.

복도에서도 학교 규칙이나 교과 관련 상식이 쓰인 여러 포스터와 그림을 볼 수 있었다. 이동하는 동안 학교 내부가 약간 어둡게 느껴져서 아이들이 등교한 상태인지 궁금했다. 옆에 있던 다른 팀 가이드에게 조금 어둡다고 했더니, 별일 아니라는 듯한 반응이 돌아왔다. 복도 천장을 자세히 보니 전등이 아예 없었다.

첫 수업을 참관하러 2층으로 올라갔다. 계단 벽에는 다양한 포스터가 붙어 있었다. 그중에서도 '잊지 말라 승냥이 미제를!'이라는 문구가 적힌 포스터는 강렬함 그 자체였다. 초등학교에 이런 자극적인 포스터들이 있어서 내심 놀랐다. 포스터를 하나하나 열심히 읽는 걸 보았는지 가이드 중 한 명이 내게 와서는 생각지도 못한 질문을 했다

"남한에서 미선이 효선이 사건 있지 않았습네까?"

"네, 그렇죠."

"아이들이 얼마나 잔인하게 죽임을 당했습네까? 그런 일은 절대 잊어서는 안 되지 않겠습네까?"

"물론이죠. 북조선에서는 남한에서 일어나는 일들을 다 알 수 있는 건가요?"

"예, 저희는 다 듣습니다. 예전에 박근혜 전 대통령 촛불집회 얘기도 들었습네다."

우리가 북한을 아는 것보다 북한 사람들이 한국을 더 많이 알고 있다는 느낌이 들었다.

상상 초월! 재능 넘치는 아이들

덕성소학교

이 학교는 관광 코스에 포함되어 있는 곳이다. 방문 날짜가 정해져 있는 듯 우리 팀 말고도 중국 관광객 팀이 더 있었다.

첫 번째 참관 수업은 컴퓨터 시간이었다. 아이들이 컴퓨터 자판을 열심히 치고 있길래 뭘 하고 있나 가까이서 봤더니 한글, 영어 타자 연습을 하고 있었다. 아이들은 관광객의 방문이 낯설지 않은지 우리에게 눈길 한 번 주지 않고 수업에만 열중했다. 아이들과 대화도 하고 좀 가까워질 수 있을 줄 알았는데 그건 나의 희망 사항일 뿐이었다. 선생님조차 우리에게 별다른 관심을 주지 않았다. 바깥 운동장에는 체육 시간인지 아이들이 옹기종기 앉아 있었다.

다음으로 이동한 곳은 영어 수업이 한창인 교실이었다. 아이들 모두 책상 위에 영어책을 펼쳐 놓고 한참 공부 중이었다. 선생님이 아이들에게 "좋아하는 음식을 영어로 말해 볼 사람?"

컴퓨터 수업 시간과 탁구 연습 시간이다.

하고 물으니 다들 경쟁하듯 손을 번쩍번쩍 들었다. 외국인들 앞에서 발표를 하겠다고 경쟁하는 초등학생이 얼마나 있을까. 평소에 정말 발표를 많이 하는 분위기이거나 어느 정도 연습이 된 것 같았다. 아이들은 밝게 웃는 표정으로 열심히 대화했다. 몇몇 남자아이들은 목소리부터 약간 전투적으로 들리기도 했다. 수업 내용은 대략 이러했다.

"WHAT FOOD DO YOU LIKE?(어떤 음식을 좋아하니?)"

"I LIKE PANCAKES. DO YOU LIKE PANCAKES?(난 팬케이크를 좋아해. 너는 팬케이크를 좋아하니?)"

"NO, I DON'T. I LIKE RICECAKE.(아니, 난 떡을 좋아해.)"

아이들의 기세를 전하기 위해 대문자로 써 보았다. 수업이 끝날 즈음엔 팝송까지 멋들어지게 불러 주었다.

이후로는 따로 준비된 작은 공연을 볼 수 있었다. 소학교 아이들의 노래와 악기 연주 실력은 역시나 기대 이상이었다. 특히 한 남자아이는 거의 독주하듯이 드럼을 치고 노래도 불러서 관광객들의 박수갈채를 받았다. 공연이 끝나고 아이들과 함께 사진을 찍을 때였다. 한 독일 관광객이 나에게 와서 멋진 드럼 실력을 보여 준 남자아이를 가리키며 말했다.

"제이, 저 남자아이에게 공연을 보고 감동 받았다고 전해 줄 래요?"

나는 흔쾌히 아이에게 말을 전했다.

"이분이 네 공연을 보고 감동하셨대. 좋은 공연 보여 줘서 고 맙다고 하셨어."

하지만 아이는 눈만 동그랗게 뜨고 나와 그 독일인을 번갈아 쳐다볼 뿐 아무런 말도 하지 않았다. 외국인 관광객 사이에서 갑자기 한국말을 하는 사람이 나타나 말을 거니 당황한 것 같

덕성소학교 아이들의 공연

았다. 혹시나 내 말투 때문인가 싶어서 다시 천천히 "드럼을 너무 잘 치던데 연습 많이 했어?"라고 물었지만 아이는 여전히 대답하지 않았다. 독일 관광객도 조금 이상한 걸 느꼈는지 아이에게 영어로 "Thank you." 하고 짧게 말했다. 그리고는 나에게 뭐라고 전달했는지 물었다.

"그대로 전달했어요. 감동적이었고, 좋은 공연 고맙다고요."

"그런데 아이가 왜 아무 말이 없었을까요?"

"글쎄요. 관광객이랑 말하지 말라고 선생님한테 지시받은 건 아닐까요?

말문이 막혔던 건지, 관광객과의 대화는 금지였는지 잘 모르겠지만 나 역시 그 아이의 대답을 듣지 못해서 조금 아쉬웠다. 마지막에는 학생들의 탁구 연습을 보고, 공연을 보여 준 학생들과 단체 사진도 찍었다. 팀원 중에는 크레파스나 연필 등 학용품을 챙겨온 사람도 있었다. 학교 관계자를 통해 선물을 건네고 서둘러 버스에 탑승했다.

북한도 치맥 중

평양으로

바쁜 아침 일정을 마치고는 다시 평양으로 향했다. 평양 시내에서 점심을 먹고 주체사상탑을 방문할 예정이었다. 그러고 보니 평양에서의 마지막 날이었다. 시간이 너무 빨리 가는 것 같았다. 처음 도착했을 때의 긴장감은 온데간데없이 사라지고 아쉬움만 가득했다. 버스에서 자다 깨기를 반복하는데 어느 순간 차창으로 평양의 랜드마크 '류경호텔'이 보였다. 류경은 옛날 평양을 부르던 또 다른 이름이라고 한다. 김정일 위원장이 남한의 63빌딩을 본 후 더 높은 건물을 짓기 위해 1987년에 착공했다는 이야기도 전해진다. 이 호텔은 무려 지상 104층, 지하 4층 규모다. 다양한

평양의 랜드마크 류경호텔

프라이드 치킨, 양배추 샐러드에 토마토 케첩까지, 뭘 좀 안다.

문제로 완공일을 여러 번 넘기고 공사가 무한 연기된 적도 있다는데 운영 여부까지는 알 수 없었다. 밤이 되면 건물 외벽에 북한 체제를 선전하는 조명 쇼가 화려하게 펼쳐지는데 멀리서만 봐도 정말 멋있는 장면이었다. 그야말로 북한의 가장 높은 곳에서 펼쳐지는 빛의 향연이었다.

밥을 먹으러 간 곳은 일반 식당이었다. 가이드한테 오늘 점심 메뉴가 뭔지 물어봤더니 "그냥 일반식입네다."라며 조금 수줍게 대답했다. 밥은 항상 잘 나오는데 특별한 메뉴가 아니라서 그런 걸까 싶었다. 그리고 보니 식사가 끝날 때마다 잘 먹었는지 가이드가 항상 물어 왔던 걸 보면, 관광객의 식사에 무척 신경 쓴다는 느낌이었다.

점심 메뉴는 닭튀김이었다. 대동강맥주에 치킨을 먹게 되다니, 설레지 않을 수 없었다. 게다가 스크램블에그에 오징어링,

후식으로 슈크림빵까지 준비되었다. 맥주 안주용 음식도 많고 아주 마음에 드는 식단이었다.

식사 시간에는 각자 관광지를 둘러보면서 느낀 감정이나 생각을 나누었다. 팀원들은 아직도 내가 북한 주민들과 자유롭게 소통할 수 있다는 사실이 신기한 모양이었다. 북한 사람들과 이야기하는 느낌이 어떤지, 음식은 남한과 비교해서 크게 다른지 등 질문 공세가 끊이지 않았다. 베이징에서 함께 온 영국 가이드는 서울에서 한국어 수업을 들을 예정이라고 했다. 북한 여행 가이드임에도 한국말을 거의 하지 못해서 의사소통하는 데 답답했을 것이다.

식사를 끝낸 팀원들이 밖에서 바람을 쐬고 있길래 나도 살짝 끼어서 예쁜 경치를 카메라에 담았다. 이번 여행에서는 날씨 운이 굉장히 좋았다.

주체사상탑으로 가는 버스 안에서 '주체사상'에 대한 설명을 들었지만 한 번에 이해할 수는 없었다. 나중에 알아보니 김일성 주석의 북한 통치 이념이었다. 북한식 사회주의 이념이라고 생각하면 더 쉬울 것 같다. 버스 창문으로 보이는 북한의 모습은 언제 봐도 비디오를 보는 듯해서 흥미로웠다. 대동강 다리를 건너는 시민들도 보였는데, 평양 사람들의 패션 스타일은 개성이나 평성보다 더 세련된 느낌을 받았다.

서울에 한강이 있다면 평양에는 대동강이 있다

대동강공원과 주체사상탑

주체사상탑 근처에는 대동강을 바라볼 수 있는 넓은 공원이 있었다. 파란 물이 잔잔하게 흐르는 걸 보니 덩달아 내 마음도 차분해지는 것 같았다. 주체사상탑과 첫날 방문한 김일성광장의 인민대학습당은 대동강을 사이에 두고 마주 보는데, 가이드에게 이러한 위치 선정에 특별한 의미가 있는지 물었다. 학습당에서 공부를 마치고 나온 학생들이 강 건너의 탑을 보고 주체사상과 당의 이념을 더 확고히 새기기를 바라는 뜻이 담겨 있다는 대답을 들었다. 나도 모르게 고개를 끄덕일 수밖에 없었다.

이날은 날씨가 좋은 편이었지만 바람은 매서웠다. 탑은 목을 완전히 위로 꺾어야만 전체를 겨우 볼 수 있었다. 나는 이렇게 거대한 석탑은 태어나서 처음 보았다. 주체사상탑 전망대는 이미 관광 명소라고 들었다. 엘리베이터로 150m를 올라가면

평양 시내를 한눈에 내려다볼 수 있다니 기대가 되었다. 통일
이 되면 SNS에 인증샷이 가장 많이 올라올 장소가 아닐까? 평
양 맛집에 갔다가 대동강 뷰를 보러 가는 건 데이트 코스로도
적당하다.

이 탑은 김일성 주석의 70번째 생일에 맞추어 1982년 4월
15일에 완공되었다고 한다. 석탑 건축에 쓰인 돌이 자그마치
25,550개라는데 그 숫자가 김일성 주석이 태어나서 70세가
되기까지 살아온 일수와 일치한다는 사실에 정말 놀랐다. 탑
앞에는 노동자와 농민, 지식인이 각각 낫과 망치, 붓을 들고 서

있는 30m 높이의 동상이 있다. 이 세 인물과 도구는 '조선로
동당'을 상징한다. 양옆에 위치한 건물의 '일심', '단결'이라고
적힌 옥외 간판이 눈에 띄었다.

주체사상탑에서 가장 인상 깊었던 부분은 꼭대기에 있는 붉은
불꽃 모양의 조형물이었다. 밤에는 환하게 조명이 켜져서 멀
리서 보면 진짜 불이 타오르는 것처럼 보였다.

북한에서 태어나 어려서부터 당과 지도자를 찬양하는 춤과 노
래를 배우고, 사회주의를 선전 방송에 끊임없이 노출된 누군
가가 인민대학습당에서 학습을 마치고 나왔을 때 저 멀리 주
체사상탑을 보면 어떤 마음이 들까? 이런 상상을 해 보았다.
가로등이 적어 깜깜한 밤에 유일하게 빛나는 불꽃을 마주하는
장면을 말이다. 평양 시민 모두가 그렇지는 않겠지만, 누군가
는 당을 위해 몸과 마음을 바치겠다는 다짐을 할 수도 있겠다
는 생각이 들었다.

탑 입구에는 세계 80여 개 나라와 국제기구에서 김일성 주석
을 칭송하며 보내왔다는 252개의 석판이 촘촘하게 붙어 있었
다. 바로 전망대로 올라가기 위해 서둘러 움직였다.

봉화까지 총 170m에 달하는 주체사상탑

주체 타워에서 커피 한 잔 어때요?

주체사상탑 전망대

탑 안으로 들어와 대기하던 중에 아기자기한 캡슐 커피머신이 눈에 들어왔다. 외국인 팀원이 커피를 주문하고 있길래 나도 얼른 가서 주문했다. 전망대 커피가 북한에서 제일 맛있다는 데 먹어 보지 않을 수 없었다. 이탈리아에서 공수해 왔다는 이 커피에는 진한 갈색 크레마가 덮여 있었고, 여행 내내 마셔본 커피 중 최고의 맛이었다.

전망대 관람을 원하는 사람들은 티켓 부스에서 5유로를 내고 관람권을 따로 사야 했다. 여기까지 오고도 올라가지 않는 팀 원도 몇 명 있었다. 관람권을 구입한 사람끼리 모여서 다 같이 엘리베이터로 갔고, 나이가 지긋해 보이는 직원에게 작은 종이 관람권을 제출한 뒤에 탑승했다. 엘리베이터는 느리지도 빠르지도 않게 올라갔다. 나는 전망대에 도착해서 평양 시내를 보고 할 말을 잃었다.

전망대에서 바라본 대동강

예상을 뛰어넘는 풍경이었다. 평양이 북한의 다른 지역들보다
월등히 발전되었다는 걸 알고 있었지만 직접 보니 또 느낌이
달랐다. 물론 이러한 도시 뒤에 감추어진 북한의 실제 모습에
대해서도 알고 있다. 북한에 오기 전 유튜브에서 관련 정보를
찾아보다가 심지어 고난의 행군 시절(1990년대 중후반 북한이
국제적 고립과 자연재해로 경제적 어려움을 겪던 시기) 영상까지
보았었다. 먹을 게 없어 풀까지 뜯어 먹다 토악질하는 주민들
의 모습, 교화소에서 탈출한 사람들의 인터뷰, 장마당(장이 서
는 곳)에서 바닥에 떨어진 음식을 주워 먹는 꽃제비까지 보았
다. 북한의 실상은 옛날부터 들려 오던 모습과 크게 다르지 않

높은 건물이 빼곡한 평양 시내

을 거라고 생각한다. 아직 개발되지 않은 지역이 더 많고 끼니
를 제대로 때우지 못하는 사람이 넘처나며 심각한 인권 문제
가 있는 것도 사실이다. 하지만 적어도 눈앞에 보이는 평양만
큼은 북한의 또 다른 면모를 보여 주고 있었다. 팀원 중 한 명
이 내게 와서 이런 말을 했다.

　"제이, 난 지금 너무 놀랐어요. 평양에 이렇게 높은 건물이
　많을 줄 누가 알았겠어요? 독일에 돌아가면 친구들한테 평
　양 사진을 보여 주고 어느 나라 도시인지 맞춰 보라고 할 거
　예요."

대동강을 가운데로 두고 한편에는 류경호텔을 포함한 높은 신

식 건물이 빼곡히 들어서 있었고 반대편에는 츄파춥스처럼 다
양한 색깔의 아파트 단지가 많이 보였다. 북한은 분홍색이나
옅은 하늘색, 개나리색 등을 선호하는 것 같았다. 궁금해져서
가이드에게 물었다.

"건물 색깔이 알록달록하던데 색깔은 어떤 식으로 정하는 거
예요?"

"저희는 당에서 하라는 대로 색깔을 칠합네다."

나는 뭔가 대단한 의미가 담긴 답을 들을 거라고 기대했지만
그건 아니었다. 약간 김빠졌지만, 이 또한 북한만의 디자인 감
각(?)에 따른 선택이라 생각하기로 했다.

동포 할인해 주세요

조선로동당창건기념탑

다음은 대동강에서 멀지 않은 조선로동당창건기념탑으로 갔다. 조선로동당을 상징하는 노동자, 농민, 지식인의 도구인 망치, 낫, 붓을 대형 조각상으로 만든 것이다. 세 가지 도구 아래 위치한 거대한 받침대에는 '조선 인민의 모든 승리의 조직자이며 향도자인 조선로동당 만세!'라는 문구가 쓰여 있었고 양옆으로는 '백전' 그리고 '백승'이라는 옥외 간판이 보였다. 주체사상에 깃든 정신이 일심 단결이라면 기념탑의 정신은 백전백승인 것 같았다.

이 기념탑은 당 창건 50주년을 기념하기 위해 약 1년의 공사 기간을 거쳐 만들었다고 한다. 조각 아래의 받침대 높이는 20m, 도구 조각상은 50m로 총 70m 높이다. 숫자 50은 조선로동당 창립 50주년을 의미하고 70은 김일성 주석이 타도제국주의동맹을 결성한 해인 1926년부터 70주년이 되는 해인

조선로동당 창건기념탑

1995년까지의 기간을 뜻한다고 들었다. 탑 안으로 들어가면
조선로동당의 역사를 기록한 엄청난 크기의 청동 부조 3개를
볼 수 있다. 각 부조는 공산주의 세력의 단결, 조선로동당에 대
한 인민의 단결된 지지, 그리고 사회주의 건설과 조선 통일에
대한 열망을 뜻한다고 했다.

이어서 서점에도 들렀다. 큰 규모는 아니지만 외국인 관광객

서점에 진열된 책들

들을 위한 곳이기 때문에 조선어 책뿐만 아니라 영어로 번역된 책도 많이 볼 수 있었다. 조선의 역사부터 평양 소개, 조선말 사전, 주체사상에 관련된 책까지 깔끔하게 전시되어 있었고 다른 한쪽에는 신문과 여러 모양의 배지까지 기념품으로 살 만한 물건도 많이 있었다. 나는 고려 유적지 엽서와 평양을 소개하는 책자, 한반도기가 들어간 배지 등을 골랐다. 내가 한국에서 왔다는 걸 들은 점원이 문재인 대통령이 북한에 방문했을 때 발행된 로동신문을 추천해 주었고 영자 신문도 함께 집어 들었다. 계산대로 갔을 때 점원에게 "동포 할인해 주세요."라고 농담 삼아 얘기했더니 "알겠습네다. 동포 할인해 드리겠습네다."라고 말하며 소수점 뒷자리는 빼 주셨다. 센스 만점 동포 덕분에 인삼차 바가지 가격은 잊을 수 있을 것 같았다.

로동신문과 평양 타임즈

쇼핑 천국! 현지인처럼 쇼핑하기

광복백화점

어느덧 고대하고 고대하던 쇼핑 타임이 왔다. 백화점 쇼핑은 이번 여행의 또 다른 하이라이트였다. 우리가 가는 곳은 광복거리에 위치한 광복백화점이다. 버스는 백화점 입구까지 들어가서야 섰다. 광복거리는 명동 느낌이었다. 려명거리가 고급스러웠다면 광복거리는 상점이나 맛집이 많이 들어선 번화가 느낌이었다.

백화점에서 지켜야 할 규칙도 있었다.

첫째, 사진 촬영을 해서는 안 된다.

둘째, 정해진 시간 내에 쇼핑을 끝내고 다시 모여야 한다.

셋째, 백화점 내 환전소에서 유로나 달러 등을 북한 화폐로 바꾼 뒤에 남은 돈은 반드시 다시 환전해야 한다. 북한 화폐는 가지고 있을 수 없다.

넷째, 주류 구입 시 1인당 제한 개수를 지킨다.

광복백화점의 현지 이름은 '광복지구상업중심'이다.

백화점은 한국의 마트와 비슷한 모습이었다. 현대적이고 규모
도 큰 데다 깨끗했다. 마침 퇴근 시간이라 그런지 쇼핑하는 사
람들이 많았다. 1층은 식료품, 2층은 옷이나 신발, 3층은 가전
제품 및 푸드코트 코너다. 1층만 보았는데도 시간이 턱없이 부
족했다.

먼저 백화점 입구에 있는 작은 환전소에서 유로를 북한 화폐
로 바꿨는데, 30유로만 바꿔도 충분할 거란 매니저님의 말을
듣고 쇼핑을 시작했지만 어림도 없었다. 나중에 30유로를 한
번 더 바꿔서 시간이 좀 더 걸렸다. 북한 화폐는 옛날 우리나
라 화폐와 비슷하게 생겼다. 지폐는 백 원, 이백 원, 오백 원, 이

김치맛 즉석국수와
매운 닭고기맛 짜장면

천 원, 오천 원짜리 여러 장으로 받았
다. 환율 차이는 잘 모르겠지만 대략 내
가 산 물건들의 가격은 이러했다. 우유
맛 사탕 한 봉지(200그램)는 북한 돈으
로 4,400원이었고 김치맛즉석국수 한
봉지는 1,800원, 개성고려인삼술은 한
병에 13,800원이었다. 식품 쪽은 종류
별 코너만 20개는 넘어 보였다. 가장 먼
저 찾아간 곳은 라면 코너였다. 놀랍게
도 한국만큼이나 라면 종류가 다양했다. 매운김치라면부터 메
밀라면, 심지어 짜장면까지 있었다. 컵라면도 종류대로 진열
되어 있었다. 이것저것 마구 고르는데 매니저가 와서는 "미스
정, 여기 이 즉석국수가 맛이 제일 좋습네다."라고 말하며 제
일 앞에 진열되어 있던 김치맛 라면을 추천해 주었다. 북한은
라면을 즉석국수 또는 꼬부랑국수라고 부른다.

쇼핑하는 동안 북한 주민들의 시선이 느껴졌다. 조선말을 하
긴 하는데 머리색이나 옷 스타일이 달라서인지 어른이고 아이
고 할 것 없이 쳐다봤다. 눈이 마주치면 먼저 웃어 보였지만 다
시 웃어 주는 사람은 없었다. 30유로를 북한 돈으로 환전하니
꽤 많은 양이었는데 그 돈을 손에 쥐고 라면이며 담배를 카트
에 가득 담는 모습이 낯설게 보였을 수도 있겠다. 주부들이 많

이 몰려 있는 즉석식품 코너로 가니 이곳에도 물만 넣으면 끓여 먹을 수 있는 매운탕, 알탕, 해물탕 등 간편 조리 식품이 오픈 냉장고에 진열되어 있었다. 대체로 주부와 아이들이 함께 쇼핑하고 있었으며 종종 카트를 끌고 쇼핑하는 부부도 보였다. 이 백화점에서 쇼핑할 수 있는 사람들은 중산층 이상인 것 같았다. 옷차림이 세련되고 카트에 많은 식료품을 넣으며 바쁘게 쇼핑하는 모습이었다. 내가 백설기를 든 채 초콜릿을 고르고 있는데 갑자기 한 여자가 내게 물었다.

"고 백설기 오데 있습네까?"

"아, 이거요. 저 참기름 파는 줄 지나서 바로 있어요."

그녀는 내 말투에 살짝 놀란 기색이었다. 북한 말을 자연스럽게 할 수 있었으면 더 재밌었을 것 같다. 쇼핑을 일찍 끝낸 팀원들은 근처 커피숍에 간다고 해서 나도 서둘러 쇼핑을 마치고 매니저님과 커피숍으로 향했다. 밤중에 광복거리를 걸으니 대한민국 어디쯤 와 있는 기분이었다.

남조선 사람들은 다 잘살지 않습네까?

광복거리 커피숍

우리가 온 커피숍은 굉장히 세련된 곳이었다. 북한 가이드들도 처음 왔는지 잘 만들어 놨다며 감탄했다. 서양식 분위기에 테이블마다 칸막이도 있어서 더 아늑해 보였다. 나는 북한 가이드들이 모여 있는 테이블로 가서 이야기를 나눴다.

"남조선에서는 교원은 어떤 이미지입네까?"

교원은 선생님이다. 내 북한 관광증에 영어 교원이라고 적혀 있었다.

"좋은 이미지죠. 가르치는 직업이니까요. 남한 사람들도 영어 공부를 많이 해요. 학교에 지원하거나 직업을 구할 때 영어 시험이 중요하거든요."

"그런데 남조선 사람은 다 잘살지 않습네까?"

"예? 세상에 모든 국민이 다 잘사는 나라가 어디 있어요? 남한도 잘사는 사람들은 엄청나게 잘살고 또 못사는 사람들은 엄청나게 못살아요. 북한도 그렇잖아요."

"우리는 다 비슷비슷합네다. 우리 사회주의 아닙네까."

"요즘 남한에서는 직장 들어가기가 쉽지 않아요. 혹시 3포 세대라고 들어 봤어요? 남한 정보를 많이 아니까 들어 봤을 수도 있겠네요."

"아, 그건 모릅네다."

"연애, 결혼, 출산 이렇게 3가지를 포기하는 거예요. 직장 다니면서 연애하고 월급 모아서 집 사기엔 집값이 터무니없이 비싸니까 애초에 포기하는 거죠."

"아휴, 집을 사야 한다니⋯. 저는 남조선 가서는 못 살 것 같습네다. 우리는 집 걱정을 안 하잖습네까. 나라에서 다 해 주니까."

"그래도 하고 싶은 거 마음대로 할 수 있는 자유가 생긴다면요?"

고개를 절레절레 젓는 그에게 되물었더니 대답 없이 살짝 미소만 지었다. '자유'라는 단어가 적절했는지는 모르겠다.

"남조선 사람들은 통일을 원합네까?"

"원하는 사람도 있고 그렇지 않은 사람도 있고 아예 관심 없는 사람도 있어요. 북한 사람들은요?"

"우리는 다 통일을 원합네다."

"사회주의와 민주주의로 70년을 떨어져 살았는데 통일하면 잘살 수 있을까요?"

"꼭 나라 전체가 통일해야만 통일입네까? 서로 왔다 갔다 하고 기차도 다니고 하면 좋지 않겠습네까? 지자체처럼 운영하는 방법도 있지 않습네까?"

"듣고 보니 그러네요. 자유롭게 오갈 수만 있어도 정말 좋겠어요."

대한민국에서 살면서 통일이란 단어에 점차 무뎌지는 동안 북한은 이토록 통일을 바라고 있었다는 사실이 놀라웠다. 오히려 미안했다는 표현이 더 맞겠다. 우리의 소원은 통일이라고 노래를 부르며 자라면서도 정작 통일에 다가가는 소소한 실천에는 무관심했던 건 아니었을까?

북한 동포들이 내게 꽃다발을 건넸다

평양 랭면집

이제 평양에서의 마지막 저녁을 먹으러 간다. 메뉴는 그 유명한 '평양 랭면'이었는데 원조 격인 옥류관으로 가는 건 아니지만 꽤 유명한 곳으로 간다고 했다. 여행의 막바지여서 그런지 공연도 준비되어 있다고 들었다.

이날의 메인 메뉴는 냉면과 함박스테이크였고, 그 외 샌드위치부터 부침개까지 한식과 양식이 적절히 섞여 있었다. 가장 기대했던 냉면은 언제 다 먹었나 싶을 만큼 양이 적었다. 하지만 육수 맛은 정말 깔끔하고 담백했다. 면발보다는 육수로 승부하는 곳인지 겨자와 식초를 따로 넣지 않고도 충분히 맛있었다. 고기와 생선을 넣고 푹 끓인 맛에 엄지를 들지 않을 수 없었다. 함박스테이크 또한 꽤 맛있었다. 함박스테이크는 개인적으로 좋아하지는 않는 메뉴인데, 계란프라이에 큼지막하게 쌈을 싸서 먹어 치울 만큼 맛있고, 동시에 너무 작았다. 또

한 우리만을 위해 열린 단독 공연을 보며 식사하니 기분이 좋았다. 혼자서 큰 맥주 한 병을 다 마셨을 정도이니 말이다.

공연이 거의 막바지에 이르렀을 때, 갑자기 공연자 한 분이 노래를 부르며 꽃다발을 들고 내 쪽으로 걸어왔다. 냉면을 먹으면서 속으로 설마설마하고 있었는데, 면발을 끊기도 전에 내 앞에 와서 꽃다발을 건네주었다. 다급히 냉면을 삼키고 꽃을 받아 든 후 감격했다는 손짓으로 감사한 마음을 전했다. 너무 갑작스럽게 일어난 일이라 좀 당황했다. 꽃다발은 소품 같아서 나중에 식사 후에 돌려드렸다. 아무래도 동포 대접해 준다고 매니저님이 특별히 부탁한 게 아닐까 싶었다.

식사 후에는 팀원, 가이드가 모두 모여 사진도 찍었다. 마지막 날이라 그런지 모든 가이드에게 더욱더 고마운 마음이 들었

마지막까지
멋진 공연을 보았다.

다. 북한에서 좋은 경험을 많이 하고 돌아가길 바라는 듯 늘 최고의 대우를 해 주었고, 많이 신경 써 주었다.

모든 일정을 끝내고 나는 혼자 조용히 호텔 정문으로 갔다. 입구에 서서 건물 밖을 보니 하늘에는 별도 많이 보이고 시원한 밤공기가 불어왔다. 평양의 마지막 밤도 첫날만큼 아름답다는 생각이 들었다.

예약해 둔 안마를 받고 나서는 한결 가벼워진 몸으로 침대에 누워서 얼굴에 미안막을 붙였다. 솔직하게 평가하자면 촉촉한 한국 마스크팩에 익숙해져 있는 나에게 미안막은 좀 건조한 편이었다. 팩을 제거하고 크림으로 서둘러 마무리하지 않으면 약간 당기는 느낌이 들었다. 감성 넘쳐야 할 마지막 날 밤에 드는 생각치고는 너무 현실적이지만, 역시 화장품은 대한민국 것이 좋다. 이런 생각은 뒤로 하고, 아침 비행기를 타기 위해 얼른 자야 했다. 굿나잇, 평양.

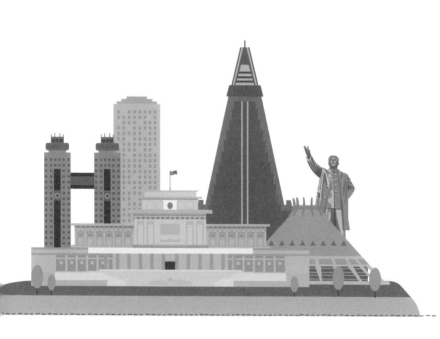

6장

다시 오기까지 안녕

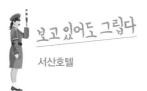

보고 있어도 그립다

서산호텔

평양에서 맞이하는 마지막 아침, 나는 일어나자마자 베란다로 향했다. 평양은 평성과 달리 거리에 스피커 방송이 울려 퍼지지 않았다. 미리 싸 놓은 짐을 다시 확인하는데 어제 백화점에서 산 식료품들 때문에 가방이 터지기 일보 직전이었다. 다른 건 몰라도 한 가지 걱정되는 점은 주류를 3병이나 구입한 일이었다. 한 사람당 사 갈 수 있는 개수가 정해져 있다고 들었기 때문에 전날 가이드에게 이렇게 물어봤었다.

"저 혹시 공항에 술 2병 이상 가져가면 혹시 어디 끌려가거나 그럴 수도 있을까요?"

"술 몇 병 사 가는 것 때문에 설마 그러겠습네까?"

나름대로 심각한 문제라고 생각해서 물어보았는데 내 질문에 가이드는 웃음을 참으며 대답했다. 생각보다 반응이 부드러워서 안심하며 옷으로 맥주를 돌돌 말아 가방 깊숙이 넣었다.

정리를 마치고 룸메이트와 같이 로비에 내려와 키를 반납했다. 호텔 데스크에 있는 직원들과는 그동안 많은 대화를 나누지는 않았지만 따로 인사를 하고 싶었다.

"그동안 잘 있다 갑니다. 친절하게 대해 주셔서 정말 감사했습니다."

"잘 쉬었다 가십네까? 또 오십시오."

"네, 내년에 또 올게요!"

"예, 기다리고 있겠습네다."

마지막까지 자상한 인사를 받을 수 있었다. 밥 생각은 없었지만 종업원이나 요리사들이 바쁘게 움직이는 모습을 한 번 더 보고 싶어서 식당으로 들어갔다. 언젠가 책에서 이런 글귀를 본 적 있다. '무언가 경험한다는 건 눈과 마음으로 사진을 많이 찍는 것'이라는 말이다. 지금 이 순간이 바로 그랬다. 냄새, 목소리, 소음 등 사진으로 남지 않는 것들을 내 마음속에 담았다. 오늘 조식 메인 메뉴는 스크램블드에그였다. 입맛은 없고, 나중에 먹고는 싶어서 포장을 부탁해도 될까 고민하고 있을 때 마침 주방장이 음식을 들고 나왔다.

"안녕하세요, 주방장님, 혹시 계란 요리 좀 포장할 수 있을까요? 이따 먹으려고요."

"요리를 마땅히 포장할 그릇이 없습네다만, 잠시만 기다려 보십시오."

주방장은 약간 곤란한 표정을 짓더니 곧 김밥을 포장할 때 쓰는 플라스틱 그릇을 가져와서 마음껏 담으라고 말해 주었다.

식사 시간이 끝난 뒤에는 기차로 신의주를 통과해서 중국 국경을 넘는 팀과 나처럼 비행기를 타고 중국으로 가는 팀으로 나뉘어 버스에 탔다. 창밖의 풍경을 바라보다가 문득 다음번에 평양을 다시 오게 된다면 그때는 중국에서 기차를 타고 국경을 넘어 보고 싶다는 생각이 들었다. 얼마 지나지 않아 여행 첫날 보았던 평양 순안국제공항이 보이기 시작했다.

서산호텔에서 마음껏 포장한 음식

다시 온 평양 순안국제공항

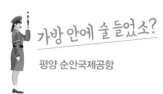

가방 안에 술 들었소?

평양 순안국제공항

공항에 도착하니 매니저가 미소를 지으며 다가왔다.

"미스 정, 이제 돌아갈 준비 다 했습네까?"

"네, 덕분에 잘 먹고 잘 놀고 잘 구경하다 가요. 고맙습니다.
생각 많이 날 것 같아요."

그는 내 말이 끝나자마자 내 옷깃을 잡고 어디론가 데려갔는
데 비즈니스 승객이 체크인하는 곳이었다. 말할 수 있는 기회
는 이때뿐이었다.

"매니저님. 저 사실 고백할 게 있어요. 술 말인데요, 맥주 두
병이랑 소주 한 병까지 총 세 병을 샀어요."

매니저는 대답 없이 허공을 보았다. 그 모습을 본 내가 지금 당
장 맥주 한 병을 뺄 것처럼 움직이자 "일단 이쪽으로 와보라
우."라고 하며 군복 차림의 검사관이 있는 곳으로 갔다.

"요기 남조선에서 관광 오신 분입네다."

매니저도 긴장했는지 조심스럽게 내 소개를 했다. 무표정의
검사관은 들은 척 만 척하며 내 여권을 뚫어져라 살펴볼 뿐이
었다. 그리고는 다른 직원에게 내 짐을 엑스레이에 통과시키
라고 신호를 보냈다. 침이 꼴딱 넘어갔다. 짐이 움직이더니 갑
자기 날카로운 소리가 들렸다. 우려하던 일이 발생한 것이다.
나는 정말 규칙을 지키고 싶었는데, 그깟 맥주가 뭐라고 이런
모험을 한 건지 후회스러웠다. 매니저를 쳐다보니 그도 당황
한 눈빛이었다. 검사관이 낮은 목소리로 말했다.

"가방 안에 술 들었소?"

"네…."

"많이 샀소?"

다시 차갑게 묻길래 거의 내 귀에만 들릴 정도로 작은 목소리
로 그렇다고 대답했다. 나는 그 순간 사람이 엄청난 공포감을
느끼면 몸속으로 어떤 걷잡을 수 없는 기운이 퍼진다는 걸 처
음으로 경험했다. 일단 솔직하게 말하는 게 나을 것 같았다. 잔
뜩 움츠러든 몸으로 두 손을 가슴에 얹고 눈을 숨을 골랐다. 이
때 내가 무슨 말을 했는지 마치 어제 일처럼 정확하게 기억날
정도다.

"제가 첫날인가 둘째 날인가 대동강맥주를 마셨는데요, 너
무 맛있어서 남동생도 맛보게 하고 싶었어요. 다음날 금강맥
주를 마셨는데 호주 맥주보다 맛있어서 엄마도 먹어 보셨으

면 했고요. 어제저녁에는 평양소주를 마셨는데 너무 맛있어서 삼촌 드리려고 샀어요."

잠깐 정적이 흘렀다. 그리고 검사관이 크게 웃자 옆에 있던 매니저도 덩달아 웃었다.

"고렇게 맛있습네까?"

그 무뚝뚝해 보이던 검사관이 웃음기 섞인 목소리로 물었다. 속으로 살았구나 싶었다. 비록 술 몇 병에 가족을 팔긴 했지만 맥주도 살고 나도 살았다. 그런데 나중에 알고 보니 사람당 술 두 병이 아니라 짐당 두 병씩 사갈 수 있는 것이었다. 중국 관광객들은 박스로 사 가는 경우도 있다고 들었다. 술 말고도 어떤 걸 샀냐고 묻길래 선물용으로 산 다양한 담배들과 다양한 종류의 라면, 과자, 초콜릿 그리고 심지어 먹을지 안 먹을지도 모를 망둥이 튀김까지 잔뜩 샀다고 말했다. 그는 다시 한 번 미소 지으며 짐을 통과시켜 주었다.

비즈니스 카운터로 돌아갔을 때 매니저님은 티켓팅을 하는 직원에게 "좋은 자리로 좀 부탁합네다." 하고 말해 주었다. 나는 출국장으로 들어가기 전 매니저와 다시 악수했다. 정말이지 그 덕분에 무사히 여행을 마칠 수 있었다. 문득 다른 가이드들에게는 인사를 하지 못한 걸 깨닫고 뒤를 돌아보았는데 나를 누나라고 불렀던 가이드가 보였다. 서로 눈이 마주쳐서 손을 흔들었더니 가만히 보고만 있었다. 그렇게 우리는 다른 대

무사히 한국으로 가져온 주류와 담배들.
북녘의 감성이 느껴진다.

화 없이 눈으로만 인사했고, 여행사 가이드와도 제대로 된 인
사 없이 이렇게 떠나려니 발걸음이 무거웠다. 고작 5일간의 여
행이었지만 정이 많이 들었는지 친한 친구를 공항에서 떠나보
낼 때처럼 마음이 쓸쓸했다. 이 땅을 다시 밟을 수 있을지, 저
사람들을 다시 볼 수 있을지 알 수 없다. 아직 떠나지 않았음에
도 벌써 이 순간이 그리웠다. 곧 출국 심사관이 내 여권을 확인
할 차례였고 나도 모르게 그에게 조용히 말했다.

　"어제 주체사상탑을 다녀왔는데 너무 멋지더라고요. 평양에
　이렇게 높은 건물들이 많이 들어선지 몰랐어요."

　"기랬습네까? 다음에 또 놀러 오십시오."

물어보지도 않은 얘기를 했는데도 그는 내 말을 경청하고 있

었다. 긍정적인 소감이 나쁘지는 않았는지, 고개를 들어 나와 눈을 마주쳤다. 그런데 갑자기 연예인 현빈 얼굴이 보여서 놀라지 않을 수 없었다. 역시 공항 직원은 일부러 미남만 뽑는 게 분명했다. 개인적으로 지금 이 순간만큼 간절하게 통일을 바랐던 적도 없었던 듯하다.

통일된 조국에서 See you again

베이징으로

비행편이 몇 개 없다 보니 출국장은 한산했다. 어떤 사람은 쇼핑하고 있었고 어떤 사람들은 커피숍에 앉아 느긋하게 커피를 마시고 있었다. 북한에서 같은 방을 쓴 룸메이트가 오더니 내가 들고 있는 비닐봉지를 가리키며 말했다.

"제이, 그거 아까 호텔에서 포장한 음식 아니야? 그거 들고 입국 심사대 통과한 거야?"

나는 그제야 아직도 들고 있다는 걸 알아차렸고, 여기까지 포장 음식을 가져온 게 재밌어서 둘이 한참 웃었다.

출국장 앞 좌석에 앉았을 때, 내 옆에 나이 든 재일 교포 두 분이 계셨다. 내가 승무원과 한국말로 대화를 나누는 걸 보았는지 약간 어눌한 억양이었지만 한국말로 말을 걸어왔다.

"한국 사람도 북한 여행을 할 수 있나요?"

"아니요, 저는 다른 나라 국적이라 올 수 있었어요. 일본도

이른 아침, 공항은 한산했다.

북한 여행이 가능한가 보네요?"

"일본 정부는 국민들이 북한 여행 가는 걸 아주 싫어해요. 하
지만 막을 수는 없죠. 공항에 도착하면 북한에서 구입한 물
건을 압수할지도 모르겠어요."

그들은 혹시라도 압수 요청이 들어온다면 '북한 물건은 압수
한다'라고 쓰여 있는 항공법을 보여 달라고 할 거라고 했다. 역
시 뒷일을 걱정하는 사람은 나뿐만이 아니었다. 여권에 도장
이 찍히지는 않았지만 중국에서 144시간 체류 비자를 받았고,
한국이나 중국, 북한까지 출입국 정보가 확실히 남았을 것이
다. 한국 공항에 도착하면 어느 곳을 다녀왔는지 물어볼 수도
있을 거란 생각까지 들었다. 뭐라고 대답할지 연습이라도 해
야 하나 싶었다.

비행기에 오르면서는 결국 마지막 순간이 온 걸 실감했다. 그

다음에 다시 보자, 평양!

동안 정들었던 사람들을 뒤로하고, 두 발은 이제 북한 땅을 떠
나는 것이다. 그 어느 곳보다 가까운 나라이지만 마음대로 오
갈 수 없는 땅. 보고 싶다고 볼 수 없는 땅, 다가가고 싶더라도
다가갈 수 없는 사람들이 살고 있는 땅이었다. 드라마 〈미스터
션샤인〉의 마지막 대사처럼 인사를 할 차례였다.

'See you again.'

베이징 밤하늘을 보는데 왜 눈물이 날까

평양 상공

이륙하고 얼마 지나지 않아 기내식이 나왔다. 이번 기내식은 뽀송뽀송한 식빵에 햄, 치즈, 오이가 3단으로 들어간 샌드위치 였다. 커피를 주문할 때는 배운 대로 "사탕 가루 말고 우유 가 루 한 개 주세요." 하고 말했다. 곧이어 기내 면세품 카트도 나 왔다. 제품들을 살펴보던 중 혈압, 두통에 좋다는 혈궁불로정 을 발견했다. 승무원이 준 제품 설명서를 읽어 봐도 잘 이해는 가지 않았지만 어쨌든 두통에 효과적이라고 해서 샀다. 가격 은 30유로였다. 유로가 없어서 달러로 계산했는데 승무원이 거스름돈을 어떻게 줄지 곤란해하는 눈치였다.

"5달러만 거슬러 주시면 될 것 같은데요."

"잠시만 기다리십시오."

잠시 뒤에 승무원이 들고 나타난 것은 고려항공 수첩 두 권이 었다. 그녀는 수첩을 주면서 내 표정을 살폈다.

두통에 좋다는 혈궁불로정과
거스름돈 대신 받은 수첩

"이렇게 해도 일 없겠습네까?"
"그럼요."
베이징에서 여행자 미팅을 했을 때
이미 들었던 내용이라 당황하지는 않
았다. 북한에서는 큰 단위의 지폐로
계산하면 잔돈이 없는 경우가 있어서
그때마다 잔돈에 상응하는 물건을 준다고 했다. 이런 처리가
마음에 들지 않는 사람도 있겠으나 나는 기념품을 얻은 것 같
아 나름대로 만족스러웠다.

90여 분을 날아간 비행기는 어느새 베이징 공항에 도착했다.
길고 긴 중국의 입국 심사대를 통과하고, 모든 팀원이 모일 수
있었다. 그새 정이 들어서 서로 연락처도 주고받고 포옹하며
작별 인사를 하고 뿔뿔이 흩어졌다. 지금부터는 정말 혼자였
다. 인천행 비행기 이륙 시간이 아직 멀어서 나는 커피숍으로
갔다. 창가에 앉아 멍하니 밖을 바라보았다. 내가 지난 5일 동
안 대체 어디를 다녀온 건가 싶었다. 이제까지 많은 여행을 다
녀 보았지만 그전까지는 느껴 본 적 없는 기분이었다. 아쉽기
도 하고, 안심되기도 하고, 그립기도 하고 뭐라고 딱 집어서 말
하기 어려운 복합적인 감정이었다. 5시간이나 기다려야 했는
데 그다지 길게 느껴지진 않았다.

인천행 비행기에서도 창가 좌석에 앉을 수 있었다. 창문 밖으로 보이는 베이징 야경이 예쁘다고 생각하던 찰나, 갑자기 참을 겨를도 없이 눈물이 쏟아졌다.

'왜 갑자기 눈물이 나는 거지?'

나도 이유를 알 수 없었다. 울고 싶었던 것도 아니고 울 만큼 슬픈 일도 없었는데 눈물이 계속 흘렀다. 여행을 처음 시작했을 때의 걱정과 불안, 여행을 다니면서 느꼈던 즐거움과 아쉬움 등 여러 감정과 기억들이 떠올라 그런 게 아닐까 싶었다. "빨리빨리 오라우!" 하며 장난스럽게 말을 걸어 주던 기사 할아버지, 나를 누나라고 부르고는 킥킥 웃던 가이드가 생각났다. 또 음식 맛이 어떤지 매번 물어보고 늘 챙겨 주며 나와 가장 많은 대화를 나눈 매니저는 물론, "반갑습네다." 하고 인사해 주던 주민들까지 생각나는 걸 보니 내가 북한에 가서 정말 많은 걸 느끼고 경험했다는 생각이 들었다.

눈물 콧물 다 흘리는 와중에도 음료 카트를 밀고 온 승무원에게 로컬 맥주와 화이트 와인 한 잔을 주문했다. 음료와 함께 기내식도 받았다. 울고 있는 승객에게도 주문을 받는 승무원이나 울면서도 시킬 거 다 시키는 승객이나 대단했다. 밥 먹으면서도, 맥주를 마시면서도 눈물이 계속 나왔고 비행기가 착륙할 때까지도 눈물이 멈추지 않았다. 그렇게 돌고 돌아 다시 대한민국으로 왔다. 우려했던 것과 달리 김포공항 입국 심사대에서는 아무것도 물어보지 않았다.

다른 여행보다 정말 꿈만 같았던 북한 여행, 우리 땅이면서도 우리나라가 아닌, 가장 가까우면서도 먼 나라로 다녀온 여행은 이렇게 마무리되었다.

평양 여행을 마치며

이렇게 나는 무사히 북한 여행을 마칠 수 있었다. 짧은 일정이
었지만 평양, 개성, 평성을 오가며 많은 곳을 다녔다. 정말 꿈
만 같은 5일이었다.

주변 사람들 중에는 북한 여행을 가지 말라는 사람도 있었고
또 북한으로 여행 가는 건 용기 있는 일이라고 말한 사람도 있
었다. 나도 출발하기 전까지는 어느 쪽이 맞는지 알 수 없었다.
여행을 결정한 순간부터 평양에 도착하기까지 얼마나 두려움
에 떨었던가. 취소를 해야 하나 고민도 많이 했던 게 사실이다.

한국에 돌아오고 나서는 예전과 다름없는 일상으로 돌아갔다. 우리 가족은 무사히 돌아온 나를 보고 전에 없이 반갑게 맞아 주었다. 할머니는 내가 북한에 간 사실이 아직도 기가 막힌 모양인지 이렇게 말씀하셨다.

"그 무서운 데를 어떻게 갈 생각을 했을까, 겁도 없이."

"할머니, 할머니 어렸을 때는 맘만 먹으면 기차표 사서 함흥에도 놀러 갈 수 있지 않았어요?"

"그랬지."

"근데 왜 무서워?"

"빨갱이들이잖아. 너 전쟁이 얼마나 무서운 줄 알아? 겉으로는 웃어도 속으로는 쳐들어올 생각만 한다고."

공산당, 빨갱이, 전쟁 등은 간접적으로만 접했지만, 전쟁을 겪은 세대인 할머니가 어떤 마음으로 북한을 바라보는지는 알고 있다.

남북이 갈라진 지 벌써 70년이나 되었다. 통일에 관련된 노래를 배우고, 한민족이라고 말하면서도 우리는 서로를 모른 채로 많은 시간을 보냈다. 대통령이 탄핵되는 나라와 지도자를 단순한 권력자를 넘어 신적인 존재로 대하는 나라가 통일을 한다면 어떤 모습일까?

나는 이번 여행을 통해 다른 사상과 다른 문화를 가지고 있더라도 사람 사는 곳은 다 똑같다는 걸 다시금 느꼈다. 가족과 행복하게 살고 싶고 자식들이 다 잘되었으면 하는 부모님 마음, 친구들과 좋은 시간을 보내고, 더 행복하게 살기 위해 미래를 준비하고, 꿈꾸며 사는 인간의 삶은 한국이나 북한이나 다를 것이 없다는 걸 내 눈으로 직접 보았다.

북한에 다녀온 지금, 내가 북한을 바라보는 시선은 이전과 어느 정도 달라졌다. 감시와 통제가 있는 사회주의 국가인 건 변함없지만, 이제는 '평양' 하면 친근하게 인사할 수 있는 사람들의 모습이 먼저 떠오른다.

나는 꼭 남북이 통일했으면 좋겠다. 철도로 평양을 지나 신의주를 통과하게 되고, 남북 이산가족이 서로를 원 없이 볼 수 있길 바란다. 올림픽에서 한반도기를 더 많이 볼 수 있기를 바란다. 원산 앞바다에서 휴가를 보낼 수 있기를 꼭 희망한다.